KB143282

안상섭 박사의
행복한 교육이야기

안상섭 박사의
행복한 교육이야기

學而思 │학이사

　사람들은 행복이라는 단어를 쉽게 말하지만 역시 쉽게 잊어버린다. 하지만 심리학의 만트라이론에서는 동일한 단어를 지속하여 외치면 뇌에 각인되어 자신이 원하는 방향으로 인생이 열린다고 한다. 필자 역시 심리학자이지만 만트라이론을 스스로에게 적용하고, 강의 때마다 주장한다. 그래서 지금도 글이나 강의를 통해서 지속적으로 '행복한 교육'을 주창하는 것이다.

　이 책에는 행복한 독서이야기와 독도 교육의 중요성, 그리고 스마트폰 문화에 관한 이야기를 모았다. 이 모든 내용은 이미 경상매일신문과 경북일보, 경북도민일보. 교육연합신문 등에 기고한 내용이지만 독자들의 요청에 의해 한 권의 책으로 엮어 세상에 다시 내놓게 되었다.

　행복한 독서이야기에서는 독서의 중요성과 독서 방법, 특히 학생과 학부모에게 꼭 필요한 독서에 대한 내용을 실었다. 그리고 독도 교육의 중요성에서는 '경상북도가 독도교육의 중심이 되자!' 라는 생각으로 그 방법을 제시하였고, 마지막으로 스마트폰 문화의 이해로 아이들을 행복하게 하

는 방법 등을 중심으로 엮었다

　필자는 평소에 독서의 중요성을 강조하면서 '독서새마을 운동'을 펼치자는 제안을 했다. 그리고 국제적으로 이슈가 되고 있는 독도에 대해서도 경상북도가 중심이 되어 그 중요성을 우리 아이들에게 교육해야 한다고 주장하는 것이다.

　대한민국은 자원이 부족한 국가다. 아이들의 미래를 책임져야 할 어른들이 모든 것에서 먼저 모범이 되어야 한다. 그래야만 대한민국의 미래를 짊어지고 갈 청소년들에게 용기와 희망을 줄 수 있다. 이를 위해서는 무엇보다 어른들이 독서를 생활화하고, 아이들이 우리 땅 독도에 대한 사랑을 실천할 수 있는 계기를 마련해야 한다. 그리고 스마트폰 중독에 빠진 학생들을 독서를 통해 치료하여 행복한 생활을 할 수 있도록 도와야 하는 것이다.

　이 작은 책 한 권으로 우리 아이들이 좀 더 행복할 수 있다면 필자의 기쁨은 더할 수 없을 것이다.

2016년 초여름에
안상섭

차례

2부 _ 독도 교육의 중심

3부 _ 스마트폰 문화

1부

행복한 독서이야기

독서의 바다에 빠져라

대입수능이 끝났다. 수험생들과 학부모, 교사들은 대혼란에 빠졌다는 내용이 연일 화제의 뉴스로 다뤄지기도 한다. 올해도 역시 수능출제 오류라는 오명에 대해 많은 고민을 하게 한다. 필자 또한 재수생을 둔 아버지로서 마음이 착잡하다. 또한, 수능이 끝나면 고3 수능생들은 많은 고민을 하기도 하고, 이제 세상으로 나가서 마음껏 생활하고 싶어 가끔은 일탈을 생각하기도 한다. 실제로 수능이 전부가 아니다, 고등학교 졸업할 때까지는 고3 학생이라는 신분을 망각해서는 안 된다. 어떤 일이 벌어지면

나는 아직도 고등학생이라는 사실을 기억하도록 해야 한다. 수능을 마친 지금은, 수시와 정시에 대한 입시를 차근하게 준비해야 한다.

수능이 끝나고 어떻게 인생을 살아야 할지 고민하고, 어느 방향으로 나가야 할지 힘들어 하는 학생들에게 자신의 인생과 철학, 앞으로의 삶을 준비하는데 도움을 줄 수 있는 최선의 방법은 책 속에서 길을 찾는 것이 제일 중요하다고 강조하고 적극 권장하고 싶다.

말더듬이 장애가 있었던 필자는 포항에서 경산으로 고등학교를 진학했다. 외롭고 힘들 때 타지 유학생활의 든든한 친구는 항상 책이었다. 당시 고전과 국어, 한문, 영어를 소리 내어 읽기를 유난히 많이 했던 것으로 기억된다. 이렇게 책을 소리 내어 읽는 동안 말더듬이 장애는 어느덧 사라졌고, 학교생활에서도 자신감을 가지면서 상위권의 성적을 유지할 수 있었다. 판사 혹은 검사가 되는 게 희망이셨던 아버지의 권유로 법대 진학에 도전해 보았지만 이를 이루지 못하고 재수 끝에 사범대학 일반사회교육과를 진학해 정치, 경제, 사회, 문화, 법, 행정과 관련된 수많은 책을 접하면서 보람되고 기쁜 일을 교직에서 찾아보자고 교사가 되기로 결심했다.

책 속에는 결정된 답은 없다. 책을 읽는 동안 인간이라는 존재의 삶에 궁극적인 문제를 던지고 다양한 출구를 통해 그것을 해소하는 과정과 활동을 할 수 있다. 앞이 보이지 않아 둥둥 떠다니는 자신을 구원할 수 있는 건 오직 책을 읽는 자신뿐이다. 지친 나를 다독이고 사고의 전환을 통해 숨어있는 행복을 함께 찾아볼 수 있기 때문이다. 글을 읽으면 일상을 성찰하고 삶의 주체성을 기를 수 있는 기회가 찾아오며 책 속에 여러 길이 있다는 것을 깨달아 다른 관점으로 시간과 인생을 생각해 볼 수 있는 자신을 발견하게 된다.

만일 누구라도 존경하는 그들처럼 되고 싶다면 무엇보다 먼저 그들이 애독한 책을 읽어서 그들 같은 사고 능력을 가져야 할 것이다. 모든 분야의 최고가 된 사람들, 위인이나 천재들은 각 분야가 달라도 그 바탕엔 독서가 있었다. 그들의 영감의 원천은 독서에서 비롯됐다. 이를 통해 그들이 스스로 사고할 수 있었기 때문에 안목이 달라진 것이라고 볼 수 있다. 특히 인문고전을 권한다. 인문고전은 짧게는 100~200년, 길게는 1천~2천 년 이상 된 지혜의 보고이다. 자기개발 서적은 독자에게 불 같은 열정과 폭풍 같은 도전을 던져준다. 재테크 서적은 돈을 버는 방법을 구체적으로 알려준다. 하지만 거기서 끝이다. 독서에는 두뇌를 변화시키는 힘이 분명히 존재한다. 나는 확신한다. 만일 청소년기에 단 한 권이라도 제대로 뗀다면 그 사고는 반드시 변화해 행동을 변화시킬 수 있을 것이다. 오랜 세월 꾸준히 독서를 해나간다면 언젠가는 위인이나 천재처럼 사고가 혁명적으로 변화한다. 이는 역사 속의 위인이나 천재들이 증명한 것이다. 고3 수험생 여러분 지금부터 책의 바다에 풍덩 빠질 것을 권한다.

독서교육 활성화 방안

21세기를 지식기반 사회 혹은 지식정보화 사회라고 한다. 21세기의 특징은 변화의 속도가 너무나 빠르고 지식의 생산량도 엄청나다는 것이다. 또한 지식의 라이프 타임도 너무나 짧다. 이러한 때에 개인이나 사회 그리고 국가경제의 성공과 실패는 지식과 정보의 수용과 재생산의 능력에 의하여 좌우된다고 해도 과언이 아니다.

지식과 정보를 다루는 핵심은 독서이다. 독서는 21세기에 인간에게 있어서 미래핵심역량을 키우는 가장 좋은 방법 중의 하나라고 한다. 학교에서 독서교육을 활성화시킬 수 있는 방안을 살펴보자.

첫째, 독서문화 인프라 구축이다. 독서교육 계획 수립, 사서교사나 전문 독서지도 교사 배치, 교사와 학생의 독서동아리 지원, 학부모 독서활동 독려, 독서카페 개설 등 독서문화 인프라를 구축하여 독서 인구 저변 확대와 학교에서의 즐겁고 행복한 독서 습관화를 유도해야 한다. 무엇보다 학생들이 원하는 독서교육을 위해 교사 연수나 TF팀을 만들어 노력해야 한다.

둘째, 행복한 독서교육으로 책 읽기 운동을 전개하고, 교육과정과 연계한 독서교육을 실시하며, 도서관 활용수업을 활성화하고, 독서문화 격차를 해소할 수 있도록 노력해야 한다. 가령 아침 독서 20분 시간을 설정하여 사제동행 행복한 책 읽기 프로젝트를 진행하다면 건전한 학교 문화 풍토를 조성하고 독서의욕 고취와 독서생활 습관을 형성할 수 있을 것이다.

셋째, 지역사회와 연계한 독서 운동을 전개하고, 시민

을 위한 독서 서비스를 강화해야 한다. 그리고 함께하는 독서문화 확산·정착하고, 시민 대상의 캠페인 활동을 강화한다. 한 도시 한 책 읽기 운동을 하고 어느 도시에서는 매년 한 권의 도서를 선정, 무료 보급함으로써 시민들의 공감대 형성과 독서인구의 저변 확대에 기여하고 있다고 한다. 문화의 도시, 독서의 도시를 꿈꾸는 지자체가 많이 나오길 희망한다.

교육청에서는 학교에 독서문화 인프라 구축을 지원하고 학교에서는 다양한 방법으로 독서교육에 힘쓰고, 지역사회와 함께 책읽기 운동을 전개한다면 독서교육이 활성화될 것이다. 우리 교육이 학생들의 상상력을 기르고, 꿈과 희망을 만들어 함께 성장하는 교육 공동체 만들어야 한다. 학교에서 나아가 지역사회로 독서 새 물결 운동이 일어나길 바란다. 위와 같이 된다면 자연스럽게 21세기 지식기반사회 기반을 구축하게 되어, 우리 학생들이 21세기 창의 융합형 인재로 태어나게 될 것이다.

새로운 학년을 맞는 우리 학생들에게

새로운 학년, 새로운 학급을 맞은 우리 학생들의 심정은 대개 기대와 걱정, 우려와 설렘이 뒤섞이게 된다. 미리미리 준비하지 않은 경우 적응이 더디고 어려울 수 있다. 심한 경우, 적응을 하지 못해 전학을 고려하거나 학교를 떠날 생각을 하게 된다. 이에 학생을 중심으로 새 학기 준비 사항을 알아보면 다음과 같다.

첫째, 친구들과 사이좋게 지내는 것이 학교생활을 즐겁게 할 수 있는 중요한 요소다. 서로 양보하며 도와주고 규칙과 약속을 잘 지키며 남의 말을 끝까지 잘 듣는다.

학교 수업은 주로 선생님의 말을 통해 이루어진다. 선생님 말을 제대로 듣지 않게 되면 공부를 제대로 할 수가 없다. 바람직한 친구 관계는 먼저 상대방의 말을 잘 경청하는 데서 시작된다.

학교에 가서 가장 먼저 배우게 되는 것은, 가족 아닌 다른 사람들과 장시간 함께 지내는 방법이다. 이러한 조직 문화 속에서 나름의 사회성을 길러가게 되는 것이다. 타인에게 요청하는 자세, 양보하는 태도, 타인의 요청을 수용하는 자세 등 다른 사람들과 의사소통하는 방식에 관심을 갖고 준비하는 것이 바람직하다.

학교에 잘 적응하기 위해서는 친구와의 관계가 매우 중요함을 명심하자.

둘째, 신체적인 건강을 체크하는 것도 중요하다.

병원에서 건강에 문제가 없는지 점검하는 것은 필수. 시력 체크도 잊지 말아야 한다. 건강을 위해서는 규칙적인 수면 습관을 길러야 한다. 저녁에 일찍 자고 아침에 일찍 일어나는 습관을 키워야 한다. 밤늦게 자고 일찍 일어나는 일이 반복되다 보면 피로가 쌓이고 학교생활에 활력도 잃기 쉽다.

또 규칙적인 식사 습관을 길러 주어야 한다. 우리나라 국민 중 아침을 거르는 사람의 비율이 34%라고 한다.

특히 한창 성장과 활동이 왕성한 시기인 청소년층과 20대는 37~45%가 아침을 먹지 않는 것으로 나타났다. 건강한 신체에서 건전한 정신력과 공부를 위한 에너지가 발산되기 때문이다. 그리고 많은 학생들이 생활하다보니 안전사고, 해빙기 안전사고 등이 예상되니 더욱 주의해야 한다.

셋째, 새 학년 공부에 적응하기 위해서는 빨리 교과서와 친해지는 것이 중요하다.

선행학습이 아닌 새 학년 교과서를 쭉 훑어보며 이야기해 보는 것도 좋다. 공부 스트레스를 받지 않기 위해서는 자기만의 스트레스 해결책도 필요하다. 그리고 막연히 나중에 어떤 대학을 가고, 어떤 직장에서 일할 것인지를 생각하는 게 아니라, 대학에서 무엇을 전공하고, 무슨 일을 할 것인지를 생각한다면 스스로 공부하는 이유를 찾을 수 있다.

또한 책을 많이 읽어야 한다. 독서는 생각을 넓고 다양하게 해주는 밑거름이다. 충분한 독서를 한 사람은 학습 능력이 높은 것은 물론이고, 올바른 세계관과 가치관을 형성하게 된다. 수준에 맞는 독서 목록을 정하고, 도서관 등을 이용해 꾸준히 책을 읽을 수 있도록 한다. 학습 계획은 구체적으로, 가능한 범위 안에서 세운다.

새 학기를 준비하면서 대부분은 거창한 학습 계획을 세우게 마련이다. 이 보다는 여러 가지 문제점 중 가장 시급한 문제점을 하나씩 해결할 수 있도록 계획표를 세우고, 하루하루 구체적인 목표를 세워 실천하도록 한다.

공부방 환경을 바꾸어 본다. 시선을 빼앗는 것이 있다면 과감히 치우자. TV와 게임기를 없애고, 컴퓨터는 시간을 정해놓는 등 과감한 처방이 필요하다.

당장 학교에 가면 실천해 보자. 우리 학생들은 우리 반 담임선생님 성함은 무엇이며, 선생님을 만나면 먼저 반갑게 인사한다. 내 옆에 앉은 친구의 이름을 불러 주며 먼저 인사를 한다. 내 뒤에 앉은 친구에게도 내 앞에 앉은 친구에게도 이름을 불러 주며 먼저 인사를 한다. 3월이 좋으면 1년이 좋다.

경북교육연구소가 제안하는 독서교육

인터넷과 스마트폰의 사용으로 점점 독서와 멀어지는 시대이지만, 독서습관은 어려서부터 길러야 할 가장 좋은 습관 중 하나입니다. 독서는 어릴 적부터 습관을 들이지 않으면 어른이 되어서도 좀처럼 책을 가까이 하기 어렵습니다.

요즘 작은 도서관도 많이 생겨나고 공공도서관도 활성화되고 있는 추세이지만, 학교도서관에 대해서는 관심이 부족한 것이 사실입니다. 특히 학교도서관의 중요성은 다른 공공도서관, 전문도서관에 비해 어린이들이 가장 쉽게 접할 수 있는 곳이 학교도서관이기 때문입니다. 그만큼 학교 도서관은 시설뿐 아니라 전문인력에 대한 지원도 충분히 이루어져야 합니다.

무조건적인 책 읽기와 형식적인 독후 활동을 강요하는 독서교육은 오히려 아이들로 하여금 책을 멀리하게 만듭니다. 아이들이 스스로 도서관을 놀이터처럼 좋아하는 공간으로 여겨 더 자주 오게 하고 스스럼없이 와서 책을 만지고 즐길 수 있도록 해야 합니다. 아이들의 책에 대한 흥미나 관심을 불러일으킬 수 있는 좋은 프로그램이 많이 필요한 부분입니다.

예술적 가치가 있는 좋은 책을 부모님과 아이가 함께 읽는 과정에서 다양한 감동을 공유할 수 있고, 이런 공감과 소통의 경험이 우리 아이들의 마음을 건강하게 해 줄 것입니다. 또한 독서교육은 인성교육으로 이어져 인성을 주제로 한 다양한 그림책을 엄마와 함께 읽고 이야기하고 활동하며 나눔, 배려, 존중 등 인성의 기초를 다질 수 있습니다.

경북교육연구소는 올 한해 독서교육을 통해 '책 읽는 경북'을 만드는데 앞장설 것을 약속드리며 몇 가지를 제안 드립니다.

첫째, 책 읽어주는 엄마가 되어 주십시오. 아파트 부녀회나 학교 학부모회 등에서 동아리 모임으로 활동하셔도 좋습니다. 자기 아이를 가르치면서 엄마도 공부하고 아이도 함께 배우는 그런 분위기를 만들어 가고 싶습니다. 책 읽어주는 엄마란? 직접 학교의 교실로 찾아가 학생들을 대상으로 책을 읽어주는 재능 기부 형태의 독서 프로그램을 운영해도 됩니다.

둘째, 마을의 작은 도서관 살리기입니다. 작은 도서관은 문화 혜택을 받지 못하는 마을 아이들을 위해 생겨났으나, 예산이 지속적으로 지원되지 않아 운영에 많은 어려움을 겪고 있다고 합니다. 민간 모금을 통해 지속적인 신간 도서 및 독서 프로그램을 비롯하여 부족한 물품을 지원하는 운동이 활발하게 전개되었으면 합니다.

셋째, 도서관이 주민들의 소통과 문화공간으로 활용되어야 합니다. 도서관은 성인의 행복한 삶을 영위할 수 있도록 지식정보 및 복합 문화공간으로서 거듭나야 합니다. 따뜻한 공간이 되어 주민들이 모이는 장이 자연스레 만들어져 소통하게 되는 일석삼조의 효과가 기대됩니다. 소통하다 보면 화합은 저절로 됩니다.

책이 있는 도서관을 통해 이웃과 함께하는 동호회 활동은 물론 필요한 물건을 서로 교환, 판매하는 재활용품 상설 나눔 장터가 되길 희망합니다.

독서는 미래를 준비하는 힘

독서를 통해 세상을 바라보고 이해해 보자. 사람들의 인성과 성격에 가장 큰 영향을 미치는 요소 중에서 독서는 단연 으뜸이다. 미래를 선도할 창의적인 인재 는 바로 독서의 힘에서 비롯된다. 독서를 통해 사람들은 자라고 꿈을 키우고 새로운 희망을 그려간다. 공동체 의식도 독서를 통해 배운다. 독서는 어려서부터란 말은 꾸준히 들어왔다. 하지만, 실천하지 않는 독서는 무용하다. 오늘부터라도 하루에 매일 10분씩이라도 책을 읽어 보자.

'하루 10분 독서의 힘(임원화. 미다스북스)' 의 저자는 대학병원 간호사이다. 그녀는 3교대 근무로 심신이 극도로 지쳐갈 무렵 책을 읽으며 위로 받고, 삶의 고난을 극복할 용기와 해결책을 찾았다고 한다. 이 책에서 강조한 하루 10분 몰입독서는 10분의 준비과정, 10분의 몰입, 10분의 정리과정으로 이루어진 30분의 집중 독서를 말한다. 바쁜 일상이지만 하루 30분의 독서시간을 확보하는 것은 누구나 할 수 있다. 하루 30분의 독서는 1년에 50권의 책을 읽을 수 있다고 하니 당장 나부터 실천할 일이다.

21세기 창의교육, 융합교육, 인성교육을 지속적으로 추진해 다양한 자질을 가진 아이들이 세계적인 인재로 성장할 수 있도록 하려면 독서는 그 바탕에 존재한다. 아이들이 세상을 준비하는 척도이다. 아이들이 독서를 통해 꿈을 찾아가는 과정에 대한 부분을 어른들이 잘 준비해야 한다. 그리고 단 한 권의 책이라도 아이들에게 선물해 주자. 책이 주는 교훈들을 생각하고 실천한다면 아이의 인생을 바꿀 수 있을 것이다.

영어 성적도 기술보다 문해력이며 그 힘은 독서에서 나온다고 한다. 수능 영어가 절대평가로 전환되면서 영어 독서 등 실질적으로 영어 실력을 향상할 수 있는 방법이 주목을 받고 있다. 영어 독서도 기본적으로 책읽기다. 한국어가 아니라 영어라는 차이가 있을 뿐이다. 관심 있고, 즐겁게 읽을 수 있는 책을 고르는 것이 가장 중요하다. 다양한 주제의 긴 글을 영어로 꾸준히 읽는 것이 가장 좋은 방법이라고 한다. 공부한다는 마음보다는 책을 읽고 즐긴다는 마음을 갖도록 하는 것이 좋다.

생전에 신영복 교수는 한 언론과의 인터뷰에서 "내게 독서란 인생이라고 할 수도 있다. 내 인생에서 독서가 빠진 날이 거의 없기 때문"이라며 다독을 강조하셨다. 독서는 한 사람의 인생을 바꿀 만한 힘을 가지고 있다. 독서를 통해 새로운 세계를 만나고, 독서를 통해 새로운 삶을 살아간다는 것이다. 오늘 당장 인생의 멘토가 될 만한 책 한권을 만나기를 바란다. 조금은 여유 있는 마음으로 나

의 미래를 고민을 하는 시간을 가져보길 권한다. '위대한
독서의 힘'을 느껴 보시길 바란다.

'삶의 힘'을 키우는데는 독서가 최고입니다

문체부에서 발표한 '2015 국민 독서 실태 조사'에 따르면 1년 동안 교과서·수험서·잡지·만화를 제외한 일반 도서를 1권 이상 읽은 비율인 연평균 독서율이 성인의 경우 65.3%로 나타나 조사를 시작한 1994년 이래 최저 수준이라고 합니다.

'삶의 힘'을 키우는데 독서가 최고라는 사실은 누구나 잘 알고 있습니다. 그러나 책은 사람들 손에서 점점 더 멀어져가고 있습니다. 이전에는 텔레비전과 영화가 책의 경쟁 상대였다면 이제는 스마트폰으로 바뀐 것이 독서량이 줄어든 이유라고 하는 분들이 많습니다. 그러나 근본적으로는 삶이 팍팍해져 여유와 성찰의 시간을 가지지 못하고 있는 우리의 모습이 가장 큰 이유가 아닐까요?

필자는 먼저 언제 어디서나 책을 읽는 환경을 만들어야 한다고 주장하면서 몇 가지 말씀드리고자 합니다.

첫째, 가족 독서에 있어서 부모님이 독서의 힘을 믿고 계셔야 합니다. 아이에게 독서가 중요하다고 말하려면 부모가 먼저 독서의 힘을 믿고 실천을 해야 합니다. 독서에는 채찍과 당근은 어울리지 않습니다. 물론 너무 책을 가까이 하지 않으면 훈계도 필요하고, 아이에 따라 독서 습관을 길러주는 데 상당히 도움을 주기도 할 것입니다. 하지만 기본적으로 독서는 자율적인 행위이며 즐거움의 행위가 되어야 합니다.

둘째, 독서를 대학입학이나 진로교육에 꼭 필요한 한 과목쯤으로 생각하는 것은 잘못입니다. 책을 읽는다고 당장 성적이 오르지 않습니다. 성적이나 진로와 상관없이 아무거나 읽을 수 있도록 간섭하지 말자는 이야기입니다. 아이가 책을 찾아 읽는 그것만으로도 훌륭하고 칭찬받을 일이라고 생각합니다. 어떤 책을 꼭 읽어야 한다거나 독후감을 꼭 써야 한다든지 하는 것은 결국 아이를 책에서 멀어지게 만드는 요인을 제공하는 것입니다. 책 읽는 아이에게 잔소리를 하지 않는 것이 중요하다고 생각합니다.

셋째, 어려서부터 길러진 독서 습관이 중요합니다. 성인이 되어서는 경쟁적인 학업과 취업 준비 그리고 바쁜 사회생활 등으로 시간적, 정신적 여유가 없는 것이 책을 멀리하는 원인이라고 하지만 사실 독서 습관을 충분히 들이지 못했기 때문이라고 합니다. 이 부분은 교육 당국의 분발을 촉구하는 대목입니다. 학교에서 책 읽는 환경을 위해 인프라를 구축하고 독서 습관을 형성하는 교육에 나서야 합니다. 그리고 무엇보다 학생들이 원하는 독서교육을 위해 교사들이 먼저 연구하고 노력해야 합니다.

　일일부독서구중생형극一日不讀書口中生莉棘. 안중근 의사
께서 남기신 말씀을 생각해 봅니다.

NIE교육의 중요성

　자유학기제가 도입되면서 학교에서 신문을 활용한 교육이 활발하게 이루어질 것을 예상하고 있다. 신문을 활용한 진로탐색 활동, 창의력 향상 활동, 광고 카피 바꿔보기, 꿈 신문 만들기 등을 할 수 있다. 학생들의 종합적인 사고력을 키워주는 NIE(신문활용교육)가 일선 학교에 뿌리를 내린 것은 오래 전의 이야기이다.

　신문을 자주 접할 수 없는 요즘 아이들에게 신문을 활용한 교육은 다소 이색적일 수 있다. 그러나 뚜렷한 진로가 없는 아이들을 대상으로 신문을 읽고 자신만의 진로를 탐색을 할 수 있는 기회를 제공할 수 있다. 또한 기사 제목이 어떤 방식으로 만들어지는지 배우고 마음에 드는 제목을 골라 따로 스크랩하는 등 창의력도 키울 수 있다.

다양한 글쓰기와 발표를 함께 하는 수업에서는 서로의 생각을 공유하고 신문을 이용해 필요한 정보를 찾아 문제를 해결하는 등 사고력을 기를 수 있다. 신문의 많은 정보 속에서 자신에게 필요한 정보를 선별할 줄 아는 능력을 길러주며 신문을 통한 새로운 세계를 보는 방법을 익힐 수 있다.

또 아이들은 신문의 기사를 골라 자신만의 신문을 만들고 광고를 직접 그려 넣는 등 세상에서 하나뿐인 자신의 신문을 만들 수 있다. 신문 속에서 내 고향 소식 찾아보기, 환경과 관련된 지면 찾기, 경제와 관련된 기사 찾기, 학교와 관련된 기사 찾기 등과 같이 다양한 형태의 수업을 구안할 수 있다.

NIE의 효과로 읽기능력 향상이다. 읽기는 내용 이해를 위한 그 첫걸음이며 생각이나 판단의 시작이다. 정치, 경제, 사회, 문화, 음악, 미술, 생활 지식이 녹아 있는 신문을 읽는다는 것은 다양한 관점의 통합이 이미 시작됐다는 뜻이다. 아이의 눈높이에 맞는 기사를 고르고 수준에 맞는 읽기 방법을 선택하는 것이 중요하다.

신문에 다양한 정보가 담겨있고 신문을 자주 봐야겠다는 인식 개선이 무엇보다 중요하다. 여기서 신문은 독자와 신문사가 같이 만들어 가는 살아 있는 생물이다. 수많은 기사가 과연 세상에 사랑을 실천하는 모습인지, 진실된 것들인지, 우리 아이들이 읽었을 때 희망의 노래인지, 어른들의 부끄러운 치부만 드러내고 있는지 살펴보아야 한다.

스마트폰에 익숙해진 학생들에게 신문활용 교육의 중요성을 인식시키고 인성교육까지 전개해 미래 인재상에 적합한 교육으로 발전하길 기대한다. 이에 NIE를 지도한 경험이 있는 교사들끼리 정보와 지식을 공유하고 교과

내에서의 활용도나 필요성도 공감할 수 있도록 교사들을
체계적으로 교육시키는 것이 무엇보다 필요하다.

독서치료, 책으로 마음 치유

우리 주변에는 책을 통해 자신의 감정을 돌아보면서 자아 존중감을 높이고 친구들과 소통하는 기회를 제공함으로써 보다 즐거운 생활이 되도록 돕기 위해 독서 치유 프로그램이 많이 운영되고 있다. 친구나 부모님 그리고 나 자신과의 관계 속에서 흔히 갖게 되는 고민을 독서를 통해 해결하는 방법을 찾는 것이다. 고민에 맞는 책을 고르면 책을 읽고 편지쓰기, 연극하기 등 다양한 활동과 함께 마음을 치유한다.

독서가 사고방법이나 감정, 행동의 교정, 혹은 정신적,

육체적 질병치료에 효과가 있다는 사실은 이미 고대로부터 잘 알려져 온 사실이다. 아리스토텔레스는 그의 저서 《시학》속에서 이른바 '카타르시스' 론을 제시하면서 문학을 비롯한 여타 예술 장르들이 정신치료 기능을 갖고 있다는 점을 제시한 바 있다. 그 외에 성서나 코란이나 불경과 같은 종교 서적을 실제 치료에 사용했던 예들을 쉽게 확인할 수 있다.

독서치료는 책을 좋아할수록 그 치료적 효과가 크고, 자기방어 없이 책 자체가 역할을 하는 것이다. 2012년 수많은 루머들로 우울증을 앓았던 어느 가수는 독서와 그림을 통해 우울증을 치유해 갔다고 털어놓은 적이 있다. 영국에서는 2014년 보건당국이 우울증 환자에게 약을 처방하기 전 독서를 권하라는 방침을 공식적으로 내놓았다고 한다. 수면장애가 있는 사람들에게도 독서를 권하기도 한다.

요즘 초등생들이 가장 많이 하는 고민이 '진짜로 부모

님은 나를 사랑하는 걸까? 라고 한다. 모든 갈등은 서로의 마음을 터놓고 표현하지 못하는 데서 오는 경우가 많다. 이럴 땐 부모님이 아이에 대한 사랑을 스스로 표현할 수 있는 기회를 먼저 만들어 보자. 아이에게 그림 책 하나를 권하며 서로에게 책을 읽어주자고 제안하는 것이다.

혹 여러분의 아이가 비만이라면 건강 관련 책을 권하고 싶다. 어린 시절의 독서가 뇌를 변화시켜 비만, 뇌졸중 등의 해결에 도움을 준다는 연구 결과가 있다. 독후감, 자신의 건강에 관한 주제 글쓰기, 다이어트 일기나 건강에 관한 일기 쓰기 등을 함께하면 효과는 더욱 좋다. 독서로 살을 뺄 수 있다는 사실은 흥미로우며, 한번 시도해 볼 만한 일임에 틀림없다.

꿈과 열정으로 가득해야 할 우리 청소년들은 입시 스트레스와 다양한 고민들로 힘든 게 현실이다. 이런 우리 청소년들에게 책은 진정한 위로와 치유의 메시지를 전달할 수 있다. 책 속 주인공들이 자신의 아픔과 상처를 어루만지고 성장하는 과정을 통해 희망을 가질 수 있다는 것이다. 우리 청소년들에게 책 한 권 선물해 주는 어른이 되자. 독서와 관련된 명언들을 음미해 보자.

약으로써 병을 고치듯이 독서로써 마음을 다스린다.

- 시이저

언제고 괴로운 환상을 위로 받고 싶은 때는 너의 책에게로 달려가라. 책은 언제나 변함없이 친절하게 너를 대한다.　　　　　　　　　　　　　　　　- T. 풀러

머리를 깨끗이 하는 데에 독서만큼 좋은 방법은 없다. 건전한 오락 가운데 가장 권장해야 할 것은 자연과 벗하는 것과 독서하는 것 두 가지라 하겠다.

- 도쿠토미 로카

다독多讀과 정독精讀

독서방법론으로는 음독과 묵독, 다독과 정독, 발췌독과 통독, 지독과 속독 등 다양한 방법론을 말하지만 일반적으로 다독을 많이 말하곤 한다. 남아수독오거서男兒須讀五車書란? '사람은 일생을 살아가면서 무릇 다섯 대의 수레에 실을 만큼 많은 책을 읽어야 할 것'이라며 다독을 권장하는 유명한 문장이다.

그러나 '양보다는 질을 추구하는 편이 좋다'면서 정독을 권하기도 한다. 다독보다는 정독을 하게 되면 여유를 가지고 책을 즐기게 된다는 것이다. 특히 특정 분야에 궁

금증이 생길 경우 매우 유용하며 생각을 정리하거나 심적心的 여유를 얻고자 할 때도 효과를 본다는 이야기이다.

한편 다독과 정독을 동시에 권장하기도 한다. 많은 책을 읽되 깊이가 없으면, 나무만 보고 숲을 보지 못하는 우를 범할 우려가 있기 때문이다. 수많은 나무를 만나고 보더라도 조화롭고 오묘한 숲을 보고 이해하지 못한다면 그것은 올바른 독서라 할 수 없다는 것이다. 즉 널리 많은 책을 섭렵하되 정독精讀을 하자는 것이다.

입시 지도를 하는 분들은 언어영역을 공략하기 위해서는 다독多讀, Extensive Reading과 정독精讀, Intensive Reading의 습관을 들이고 창의적 사고를 함양하며 문제 해결능력을 꾸준히 향상시켜야 한다고 주장한다. 본문에 대한 정확한 독해가 기반이 되지 않으면 문제를 푸는 데 많은 시간이 소요되고 오답으로 이어질 확률도 높다는 것이다.

독해력讀解力을 향상하기 위해서는 다독과 정독, 논리적 추론의 연습이 평소에 충분히 돼 있어야 한다. 다독을 위해서는 현대시, 현대소설, 고전소설, 고시가, 극문학, 시나리오 등 관련 자료 외에도 사회, 과학, 역사, 예술 등 다양한 읽기를 통해 배경지식을 넓혀야 한다. 또 정독을 통한 본문의 핵심 정보를 정확하게 파악하고 이해하는 독해 훈련의 과정이 필요한 것이다.

그러나 우리 주변에는 책을 많이 읽는 사람들은 대부분 책 권수가 아니라 마음에 울림을 준 명저名著를 소개하면서 자신의 독서를 자랑하는 경향이 있다. 그러면 얼마나 많은 책을 읽어야 할까? 정확한 기준은 없지만 몇 년 전 독서실태 조사를 기준으로 보면, 성인들은 여시간의 약 12.5%를 독서에 쓰며, 대략 1년에 열권의 책을 읽고 있다고 한다.

책이 넘쳐나고 인터넷 포털에는 온갖 정보가 가득하다. 정보가 지식이며, 돈이며, 검색 능력이 공부를 좌우하는 시대다. 책과 정보가 쏟아지면서 많이 읽는 게 미덕으로 받아들여지고 있다. 그러나 쉽게 얻은 정보는 오래 가지를 못한다. 생각하지 않고 검색해서 얻은 지식은 나에게 부터 쉽게 사라진다.

중국 송나라 사상가 주희의 독서삼도讀書三到에서 책을 읽는 요령을 세 가지로 나눈 것으로 유명하다. 삼도三到란? '눈으로 보고〔眼到, 안도〕, 입으로 소리내어 읽고〔口到, 구도〕, 마음에서 얻는 것〔心到, 심도〕'을 말한다. 입으로 다른 것을 말하지 않고, 눈으로 다른 것을 보지 않으며, 오직 독서에만 마음을 집중해야 한다는 것이다. 자기 마음에 맞는 책을 골라 독서삼도讀書三到를 실행한다면 누구나 훌륭한 독서인이 되지 않을까?

4월23일은 세계 책의 날

'세계 책의 날' 은 1995년 처음 제정되었으며, 현재 20년이 넘는 역사를 지니고 있다. 유네스코에서는 사람들에게 책을 장려하기 위해 '세계 책의 날' 을 만들었고, 정식 명칭은 '세계 책과 지적재산권의 날' 이다.

날짜가 4월 23일로 결정된 것은 책을 사는 사람에게 꽃을 선물하는 스페인 까딸루니아 지방 축제일인 '세인트 조지의 날(St. George's Day)' 에서 유래됐으며, 돈키호테의 작가 세르반테스와 로미오와 줄리엣의 작가 셰익스피어가 사망한 날이기도 하다.

어려서부터 책을 좋아하고 지금의 위치까지 나를 만들어 준 수많은 책들을 생각하면 책의 날이 뜻 깊지 않을 수 없다. 21세기를 지식기반사회 혹은 지식정보화 사회라고 한다. 지식과 정보를 다루는 핵심은 책을 읽는 것이다. 독서는 21세기에 인간에게 있어서 미래핵심역량을 키우는 가장 좋은 방법 중의 하나라고 생각한다.

필자는 얼마 전 지역사회와 연계한 독서 운동을 전개하고, 시민을 위한 독서 서비스를 강화해야 한다고 주장하였다. 그리고 함께하는 독서문화를 확산 정착시키고, 시민 대상의 캠페인 활동을 강화하며, 한 도시 한 책 읽기 운동을 하자고 제안한 적이 있다. 그래서 문화의 도시, 독서의 도시를 꿈꾸는 지자체가 많이 나오길 희망한다.

그리고 직장이나 학교에서 하루 독서 20분 정도의 시간을 설정하여 모두가 행복한 책 읽기 프로젝트를 진행하다면 건전한 문화가 조성되고 독서의욕 고취와 독서생활 습관을 형성할 수 있을 것이다. 우리가 다음 세대에 물려줄 가장 좋은 유산 중에 하나가 책 읽는 습관일 것이다.

　힐링이 필요한 현대인에게도 독서가 사고방법이나 감정, 행동의 교정, 혹은 정신적, 육체적 질병치료에 효과가 있다는 사실은 이미 잘 알려져 있다. 우리 청소년들은 입시 스트레스와 다양한 고민들로 힘든 게 현실이다. 이런 우리 청소년들에게 책은 진정한 위로와 치유의 메시지를 전달할 수 있다.

　국회의원 총선거가 끝났다. 정치권이 한바탕 소용돌이에 휘말릴 개연성이 적지 않은 선거 결과를 만들었다. 앞으로 여당은 집권당으로서의 국가 미래에 대한 희망을 주는 정책을 개발하고 비전을 제시하라는 주문을 받았다고 생각한다. 희망과 비전은 책 속에 있다고 생각한다.

　4월 23일에는 사랑하는 사람들, 존경하는 사람들을 위해 좋은 책과 꽃을 선물해 보는 것은 어떨까?

기능적인 독서교육 광풍에 대한 경계

요즘 신문을 보면 '학생부 종합전형은 앞으로도 계속 확대될 것이다. 자녀가 지원하려는 학과에 얼마나 소질과 열정을 갖고 있는지 비非교과 영역에서 잘 보여줘야 한다.

특히 전공 관련된 독서·수상경력이 관건이다. 유아부터 챙기는 착실한 독서이력履歷은 대입 성공의 지름길이다.' 학생부 종합전형이 대세인 대학 입시에서 독서가 대학 수시입학의 중요한 요소가 되었다.

입시 전문가들은 "독서활동은 교과와 연결하는 것이

좋다. 독서활동은 학생의 관심 분야에 대한 지적 호기심을 평가할 수 있다. 연령대별로 전략적인 독서습관을 가지는 것이 입시에 큰 도움이 된다"고 조언하고 있다.

어찌 책을 입시를 위해서만 읽어야 하겠는가? 입시를 위해 책을 읽기보다는 자신의 관심 영역을 확대해 나가는 도구로서 책을 읽어야 하지 않겠는가? 또한 책을 읽고 어떤 점을 느꼈고 그것이 나에게 어떤 변화를 가져왔는지가 독서의 중요한 덕목이 되어야 한다. 그것이 점수나 입시와 연결되지 않아도 독서를 시작한 순간 이미 많은 것을 얻고 있는 것이다.

서울의 어느 지자체에서는 고등학교와 공공도서관이 책 읽는 마을공동체를 구성해 독서발표회, 북 콘서트, 학생 독서지도 등의 프로그램을 운영하고, 학교 독서교육 지원 및 독서동아리를 활성화시킨다고 한다. 마을과 연계한 학교 교육의 다양한 영역을 발굴해 지속 가능한 마을 결합형 교육 생태계로 육성하기 위해서라고 한다.

목적을 띤 어른들의 독서에 대한 지원과 관심보다는 어릴 때부터 다양한 책을 읽어 줘서 독서에 흥미를 갖게 하는 것이 아이의 평생 독서를 좌우한다는 사실을 명심하면 좋겠다. 자연스럽게 책과 친해질 수 있는 방법이나 스스로 독서 습관을 형성하는 방법들을 아이들에게 전달해 주면 좋겠다.

혼자서도 읽고 싶은 책을 잘 골라서 끝까지 읽고 지적 호기심과 탐구심으로 어른들에게 묻고 답하는 아이, 읽은 책을 제자리에 잘 꽂아 주면서 책에 대해 고마워하는 아이를 만드는 것, 갑자기 책을 멀리하는 우리 중·고등학교 학생들에게 독서가 평생 친구가 되게 하는 방법을 귀띔해주는 것이 우리 어른들의 몫이 아닐까.

학생들이 건강한 사회일원으로 자라나기 위한 독서 프로젝트, 창의성과 스스로의 논리력이 성장할 수 있는 독서 프로그램, 학교 적응력 향상을 위한 독서치료 프로그램, 미래의 꿈나무들이 인성·지성·감성을 고루 갖춘 홀

륭한 민주 시민으로 성장할 수 있도록 응원해 주는 신문 기사들을 지면에서 자주 접하기를 희망해 본다.

2부

독도 교육의 중심

독도 교육 이대로는 안 된다

지난 2005년도에 천연기념물로 지정됐던 독도를 일반 국민들에게 입도를 허용한 이후 한 해 약 20~30만 명이 방문하는 살아있는 교육의 장이 되었다. 방문객을 위한 안전시설, 대피시설, 구급시설이 필요하다는 판단으로 계획한 독도 입도 시설 공사가 전면 취소되며 쟁점이 되고 있다.

이번에 정부 결정이 바뀐 점은 비판을 받아야하지만 일본이 독도에 대한 영유권을 끊임없이 주장하면서 국제적으로 자신들의 영토인 것처럼 주장하는 마당에 국제적으로 분쟁지역이라는 것을 부각시키려는 의도에 휘말리는 것도 바람직하지는 않아 현명한 판단이 요구된다.

독도를 사랑하는 교육자의 한 사람으로 일본의 부당한 독도영유권 주장과 역사 왜곡에 대응키 위해 학교 안팎의 독도교육이 크게 강화되어야 하며, 특히 교육계에서는 독도에 대한 관심과 독도 수호의지를 불러일으키고 독도사랑 실천에 하나 된 모습을 보이길 기대하면서 독도교육 정책을 추진하는 과정에서 몇 가지 제안을 하고자 한다.

우선, 경북교육이 대한민국 독도 교육의 중심이 되길 바란다. 독도의 행정구역이 경북이다 보니 독도 교육에 대한 고민이 남달라야 하며 경북교육청과 일선 학교들은 독도 지키기 백년지대계百年之大計를 위한 지속적인 교육 정책과 실천 노력이 요구된다. 특히 지금까지는 일본에서 독도 관련 문제가 발생하면 거액의 돈을 들여 일회성 쇼인 궐기대회와 규탄대회가 포항을 중심으로 시행되어

왔던 것이 사실이다. 독도 교육은 일회성, 전시성이 아닌 지속성을 가지고 시행되어야 마땅하다.

예를 들면, 독도지킴이 동아리 지원 대상학교를 늘려 각종 독도 관련 행사를 지원 운영하고, 학생들 스스로는 경북사이버가정학습 독도강좌를 수강하고 사이버 독도 사관학교에 입학해 독도에 대한 지식을 쌓는 등 청소년 독도 지킴이 사업을 더욱 확대해야 할 것이다.

다음으로, 지자체와 대학의 더욱 많은 지속적인 관심 과 지원이 필요하다. 김천시 청소년 문화존에서 독도사 랑 홍보 부스를 운영해 시민들에게 독도를 홍보하는 것 은 매우 좋은 사례다. 또한 대구대 시각디자인학과 학생 들이 '독도의 날(매년 10월 25일)'을 앞두고 지난 20일 대구경북디자인센터 4층 전시장에서 독도를 주제로 한 졸업 작품을 전시한 것 등이 좋은 사례다.

끝으로, 도민들의 독도사랑은 일회성 쇼가 아니고 전 시성이 아닌 실천이 중요하다. 독도를 주제로 한 문화에

술 공연이 민간차원에서 한층 활성화되기를 기대한다.

독도를 바르게 알고 사랑하기, 독도티셔츠를 입고 캠페인 하기, 독도아카데미 참여하기 등 독도가 우리 땅임을 알리며 나라사랑을 실천하는 프로그램에 참여해 독도사랑을 직접 체험해 주길 바란다.

경북이 독도 교육 중심에 서자

일본이 1905년 독도를 시마네현에 편입한 것은 한반도 침탈의 시작이었다. 일본은 그 역사를 지금도 되풀이하고 있다. 일본 정부가 독도를 자국 영토로 명시한 '2014년 방위백서' 한글 번역 요약본을 우리 정부에 전달했다. 단순한 번역본이라고 보기 힘들다.

일본 정부가 방위백서를 한글로 번역해 보낸다든지, 독도가 일본 땅이라는 억지 주장을 늘어놓은 17분짜리 동영상을 유튜브에 올리는 이유는 독도를 분쟁 지역화해 국제사법재판소(ICJ)로 끌고 가겠다는 의도로 해석된다.

결코 허술하게 조용하게 대응해서는 안 될 문제다.

독도 도발에 대한 메시지를 일본에 분명하게 전하면서 세계 시민들에게 우리 영토임을 분명히 하는 근거자료와 홍보, 교육을 통해 대응해야 한다. 그리고 일본의 21세기 새로운 침략 방법에 대응하여 장기적이고 종합적인 대내·외적인 전략과 전술도 강구되어야 한다.

여기서는 교육에 관련된 대응책들을 살펴보자.

첫째, 대학수학능력시험을 비롯한 각종 시험에 독도 관련 문제가 출제되어야 한다. 그런데 수능 기출문제를 전수 조사한 결과, 10년간 독도 관련 문제가 3개 문항 밖에 출제되지 않았다고 한다. 앞으로는 지문 등에서도 독도 관련 사설이나 산문, 시 등이 인용이 되거나 각종 논술 문제로도 다양하게 출제되어야 한다. 시민이나 학생을 대상으로 독도 골든벨 행사 같은 것도 좋은 방안이 될 것이다.

둘째, 학교에서는 교원들을 대상으로 독도 교육 지도

능력 배양을 위한 교원연수를 강화하고 학생들에게 정확한 교육을 시킬 수 있도록 만들어야 한다. 교육청이나 학교에서는 독도 부스를 만들거나 연중 사진전과 다큐멘터리 상영 등을 진행한다. 일본이 독도와 관련 날조된 내용을 일본 학생들에게도 가르치는 것 이상으로 독도 교육은 강화되어야 한다. 초·중·고교에서 독도교육을 10시간(1년간) 내외 실시하도록 권장하고 있지만 질 관리 측면에서 다시 살펴보아야 한다.

셋째, 독도 알리기 마라톤 대회, 독도로 주소 옮기기 운동, 독도 유인도화 사업, 나무심기, 청소년 교육, 생태계 보존사업 등 독도 관련 행사를 체계적이고 지속적으로 해야 한다. 그리고 모든 국민이 독도가 우리 땅이라는 것을 체계적으로 알 수 있도록 독도 바로 알기 운동을 지속적으로 펼쳐 나가야 한다. 그러면서 일본의 독도 망발이나 망동이 있을 때마다 이에 맞서 선봉에 나설 기관단체도 있어야 한다.

경북이 독도 교육 중심에 서야 할 명분은 충분하다. 독도는 동경 131°52′ 20″, 북위 37°14′ 14″에 위치하고 있으며, 주소가 경상북도 울릉군 울릉읍 독도리 1~96번지로, 울릉도와의 거리는 87.4Km이며, 울진과의 거리는 216.8Km, 포항과는 262Km의 거리를 두고 있다. 경북은 관계 부처와 협조해서 독도 교육 강화를 위한 모든 수단과 방법을 찾아야 할 것이다.

독도를 지키기 위한 우리의 할 일

　일본 문부과학성은 지난 6일 교과용 도서 검정조사심
의회에서 '독도는 일본 영토' 또는 '한국이 독도 불법 점
거 중' 등의 왜곡된 내용을 담고 있는 총 18종의 중학교
교과서 검정결과를 발표했다. 이번 검정결과를 살펴 보
면 지난 2011년 검정을 통과한 현행 역사·공민·지리 교
과서 18종 가운데 '한국의 독도 불법 점거' 주장을 실은
교과서는 4종이었지만 이번 검정을 통해 13종으로 늘어
났다. 또한 7일 일본 외무성이 작성한 2015년판 '외교청
서'에 독도에 대해 역사적 사실에 비춰 봐도 국제법상으

로도 명백한 일본 고유의 영토라는 기술을 담았다.

참으로 집요하고 침략적인 근성을 가진 일본임을 다시 한 번 확인할 수 있다.

인류 역사상 영원한 동맹도, 영원한 적도 없는 것이 냉엄한 국제관계이다. 일본과 우리나라는 서로 어깨를 맞대고 살아야할 이웃이지만 우리의 정신력과 단결력이 약화되었을 때, 그들은 가차 없이 침략해 왔다는 사실을 잊어서는 안 된다. 최근 우리의 국력이 어느 정도 신장되었다고 하지만, 일본과 상대하기에는 힘이 벅찬 것이 사실이다. 1592년에 발발한 임진왜란이나, 1910년의 한일합방은 우발적이고 단기간에 벌어졌던 사건이 아니고 장기적이고 치밀한 사전준비 끝에 이루어진 사실임을 명심하며 이번 사태에 즈음하여 우리의 자세에 대해서도 생각해 보아야 한다.

먼저, 독도에 대해 알기 위해서는 독도를 객관화해야 한다. 독도 객관화를 통해서 독도가 직면한 상황을 이성적으로 바라보아야 한다.

　지피지기 백전백승이라는 말처럼 우리의 독도를 지키기 위해서는 우리나라의 역사와 현재 우리나라의 상황에 대해서도 잘 알아야 한다. 무작정 독도가 우리나라 땅이라고 주장하기 보다는 제 3자의 입장에서도 독도 문제를 바라볼 수 있어야 국제적으로도 더 합당하다고 인정을 받을 수 있다. 그러니까 우리 모두 독도에 대해서 열심히 공부하고 독도를 적극적으로 알릴 때 반드시 지켜낼 수 있다.

　다음으로 일본의 독도 영유권 주장에 대하여 살펴보자. 생각보다 많은 것들이 복잡하게 얽혀 있다. 분쟁 지역화를 유도하여 일본은 국제사법재판소에 가길 희망한다.

　국제재판소에 가는 순간부터는 과거에 독도가 대한민국 땅이었다는 증거 자료들은 소용이 없게 된다. 주권국으로서 영유 의사가 어느 나라가 더 적극적인지, 어느 나라가 더 국가 기능을 통해 관할권을 많이 행사했는지가 중요하게 된다. 그래서 대한민국은 독도가 우리 땅이었다는 과거의 자료 수집에 힘쓰는 한편 국가적 차원에서 입법, 사법, 행정기구를 통해 적극적으로 독도 관할권을 수행해야 한다.

국민들이 독도에 관해서 적극적인 태도를 보이는 것에 비해 국가가 비교적 소극적인 태도를 보이는 형태는 너무 안타깝고 아쉬운 대목이다.

마지막으로 국민들이 독도가 역사적, 지리적, 국제법 상으로도 우리 땅임을 정확하게 인식함과 동시에 독도에 대한 올바른 수호의지를 가지고 독도를 사랑하는 마음을 함양하기 위한 여러 가지 노력을 경주해야 한다.

독도 관련 미디어 자료 찾아보기, 독도에 대한 책 읽기, 독도 시사 자료 수집하기, 독도 탐방하기, 일본의 독도 왜곡 사례 수집하기, 독도 관련 단체에 참여하거나 후원하기 등 뜨겁고 진지한 자세로 참여한다.

우리의 땅 독도를 어떻게 지키고 사랑해야 하는지에

대해서 잘 모르는 분들은 독도가 우리 땅이라고 주장할 수 있는 근거, 우리가 독도와 동해를 지켜야 하는 이유, 일본이 독도를 넘보는 목적, 그리고 그동안 일본이 독도 영유권을 주장해 온 수법을 정확히 알고 일본에 대응할 수 있다면 독도를 지키는 일에 동참하는 것이다.

일본이 독도를 자기 땅이라고
우기는 이유를 찾아 보자

일본은 독도를 일본 영토와 가장 가까운 시마네현은 기군 오개촌에 편입시켜 독도에 일본인 호적까지 등록시켜 놓았다. 게다가 일본 시마네현 청사와 경찰청 정문 앞에는 '죽도는 우리(일본) 고유 영토입니다'라고 적힌 대형 입간판과 시마네현 곳곳에는 '죽도는 우리(일본) 땅'이라는 현수막까지 설치되어 있다. 일본인 입장에서 일본이 독도를 일본(자기) 땅이라고 우기는 이유를 찾아보자

첫째, 일본이 독도를 자기 땅이라고 주장하는 근거 중의 하나가 바로 시마네현의 고시이다. 1905년 일본 어부

들이 자유롭게 독도를 오가며 고기잡이를 할 수 있게 해
달라는 청원을 받고 지방 자치단체인 시마네현이 일방적
으로 '이제부터 독도가 일본 땅이다'라고 선언한 내용이
다. 한국 침탈 시기에 나온 시네마현의 고시만으로는 궁
색했던지 일본이 내세운 것이 고산자 김정호의 '대동여
지도'이다. 그 지도에 독도가 없음을 들어 자기 땅으로
우겨온 것이다.

그런데 일본 국회 도서관에서 독도가 한국 땅으로 표
시된 대동여지도가 발견되었다. 국사편찬위원회 이상태
연구원은 1997년 11월 9일 언론을 통해 "일본 국회도서
관에서 울릉도 동쪽에 〈우산〉이라고 표시된 독도가 나
타난 대동여지도 필사본을 발견했다"며 문서번호는
'292,1038 ki 229 d'라고 밝혔다.

또한 이상태 연구원은 "〈대동여지도〉 목판본을 만들
때 독도가 빠진 것은 판각 범위를 벗어났기 때문에 어쩔
수 없던 것"이라며 "이 필사본은 판각 범위와 상관없기

때문에 울릉도 동쪽에 독도가 있다고 주석까지 달아 독도의 존재를 설명했다"고 말했다.

둘째, 한국은 일본이 다케시마를 일본 영토라고 하기에 매우 오래 전인 6세기 초반부터 다케시마는 조선령이었다고 주장한다.

"근거는 1770년에 쓰여진 〈동국문헌비고〉라는 문헌이다" 일본국 시모죠 교수의 해설이다. 이 문헌 중에 울릉, 우산, 모두 우산국의 땅, 우산은 왜의 소위 마쯔시마에 해당한다고 써 있다. 예전에 일본은 다케시마를 마쯔시마라고 불렀었다. 그리고 울릉도도 우산국도 512년에 신라에 편입되었기에 독도는 그때부터 조선령이라고 하는 이유이다.

문제는 그 문헌에 등장하는 우산도가 정말로 일본의 마쯔시마, 즉 현재의 다케시마인가 하는 것이다. 결론부터 말하면 우산도는 다케시마가 아니었다. 시모죠 교수가 설명했다. "한국 측 주장의 근거인 동국문헌비고에서

인용한 여지지는 이미 존재하지 않는다. 당연히 여지지의 기술이 정말 그런 내용이었는지는 확인할 수 없다"

셋째, 한국 측은 샌프란시스코 강화조약에서 독도는 일본령이라고 하는 기록이 없기 때문에 일본이 독도를 포기하고 한국의 영토가 되었다고 주장한다.

1951년 미국은 샌프란시스코 강화조약의 초안을 작성하여 관계국에 통지했다. 거기서 양우창 주미한국대사가 달라스 미 국무성 고문을 방문해 "일본이 조선의 독립을 승인하고 방기하는 영토로서 미국의 초안이 '제주도, 거문도, 울릉도'라고 쓰여 있는 것에 '독도, 파랑도(제주도 앞바다)'도 첨가해 주길 요청했다.

독도, 다시 말해 다케시마에 관해서는 '달라스 장관이 조선합병 전에 조선령이었는가?'를 물었다. 양 대사는 '그렇다'라고 대답했다.

달라스는 그렇다면 일본이 포기해야 하는 영토에 독도를 포함하는 것은 문제가 없다고 대답했다. 1951년 8월

10일 미국은 한국에 서간으로 정식회답을 하였다. 하지만 서간에는 한국의 다케시마에 관한 요구에 관해서는 찬성할 수 없다고 되어 있다.

독도 혹은 다케시마로 알려져 있는 섬은 우리의 정보에 의하면 조선의 일부로 사용되었던 것이 한 번도 없고 1905년경부터 일본의 시마네현령지부의 관할 하에 있었다. 이 섬은 조선에 의해 영토 주장이 있었다고 생각되어지지 않는다고 써 있다.

이에 외교 교섭에서 다케시마를 돌려받지 못할 것이라고 판단한 이승만 정권은 그 다음해 1952년 1월 18일 샌프란시스코 강화조약이 발효될 4월 28일을 앞두고 국제법을 무시한 인접 해양의 주권을 주장하여 공해상의 이승만 라인을 그어 그 안에 독도를 포함시켰다. 1954년 9월 2일에는 독도의 무력 점거를 결정하고 경비병을 배치하고 현재에 이르고 있다.

우리 땅 독도 그리고 안용복

  과거 조선은 1448년부터 약 400여 년에 걸쳐 울릉도에 대한 공도정책空島政策을 써 왔다. 따라서 울릉도와 그 딸린 섬들은 오랜 세월 방치될 수밖에 없었다. 그러나 섬나라인 일본은 섬을 매우 중요하게 생각했다. 그들이 어업과 무역을 위해서는 안전한 피난지나 기항지가 꼭 필요했다. 지금까지 일본은 울릉도와 독도 지역을 끊임없이 침범, 그 야욕을 불태우고 있었다. 그러나 스스로 나서서 온몸으로 독도를 지킨 사람들이 있다.

  조선조 숙종 때의 사람 안용복安龍福이다. 그러나 그가

언제 태어나서 언제 죽었는지 아는 사람은 없다. 그리고 일본은 독도를 지킨 민간외교관 안용복 선생의 활동은 거짓이라고 주장하고 있다.

안용복 장군은 강제로 일본에 끌려가기도 하고 자진해서 일본으로 건너가 울릉도와 독도가 조선 땅임을 역설하고 돌아온 분이다. 그러나 조선정부에서는 일본 측의 음모에 넘어가 안용복을 조정의 허락도 없이 국경을 넘나들었다는 죄목으로 2년간 옥살이를 시키기도 했고 사형을 시키자는 등의 그릇된 이야기를 하다가 결국은 곤장을 치고 유배를 시키기도 했다.

1693년 3월 안용복은 울산 출신 어부 40여 명과 울릉도 해역에서 고기를 잡다가 이곳을 침입한 일본 어부들과 조업권을 놓고 실랑이를 벌이게 된다. 그런데 수세守勢에 밀린 나머지 그만 일본으로 끌려가고야 만다. 하지만 비록 인질이 되었어도 그곳에서 안용복은 대담하고 논리적으로 대응했다. 그는 조선 영토인 울릉도에 조선 사람이

갔는데 억류하는 까닭이 도대체 무엇이냐며 그곳 태수에게 강력히 항의했다.

안용복의 거세고 논리적인 반발에 밀린 태수는 그의 주장을 문서로 작성한 다음, 판단과 신병 처리를 막부幕府에 물었다.

막부의 회신은 5월에 도착했다. 막부는 안용복 등을 나가사키〔長崎〕로 이송해 돌려보내라고 지시하면서 '울릉도는 일본의 영토가 아니다〔鬱陵島非日本界〕' 라는 내용의 서계書契를 써주게 했다. 이것은 17세기 무렵 일본이 '울릉도와 그 부속 도서인 독도' 가 자신의 영토가 아님을 판단했다는 매우 중요한 근거로 자리매김했다.

얼마나 당당하고 용감하게 울릉도와 독도가 조선 땅임을 주장했으면 일본 도쿠가와 막부의 관백 마저 그래 "네 말이 맞다"고 하면서 '울릉도는 일본 땅이 아니다〔鬱陵島非日本界〕' 라는 글을 써서 안용복에게 주었을까! 안용복이 조선으로 돌아오는 길에 울릉도가 아니면 살길이 막막할

것처럼 여기고 있는 대마도주가 이 증서를 빼앗고 야료惹

鬧를 부리기 시작했지만 독도나 울릉도가 일본 땅이 아니

라고 확정된 것은 바로 이때 즉, 조선조 숙종 19년 1693

년부터라고 할 것이다.

1696년 안용복의 두 번째 도일渡日과 관련하여『숙종실

록』은 안용복이 울릉도에서 마주친 일본 어민에게 '송도

松島는 자산도子山島(독도)이며 우리나라 땅이다'라고 말

하고, 일본으로 건너가서 우리나라 땅인 울릉도와 독도

에 대한 일본의 침범에 항의하였다고 진술한 사실을 기

록하고 있다.

안용복이 일본으로 건너갔던 사실은 우리나라 문헌뿐

만 아니라『죽도기사竹嶋紀事』,『죽도도해유래기발서공竹

嶋渡海由來記拔書控』,『인부연표因府年表』,『죽도고竹島考』등의

일본 문헌도 전하고 있다.

특히 최근(2005년) 일본에서 새로이 발견된 사료인「원

록구병자년조선주착안일권지각서元祿九丙子年朝鮮 舟着岸一卷

之覺書」(1696년 안용복이 오키섬에 도착하였을 때 오키섬의 관리가 안용복을 조사한 내용을 기록한 문서)는 안용복이 울릉도〔竹島〕와 독도〔松島〕가 강원도 소속이라고 진술하였다고 기록하고 있어, 『숙종실록』의 내용을 뒷받침하고 있다.

한편, 안용복기념관은 '독도 지킴이' 안용복 장군의 업적을 기리기 위해 울릉군 북면 천부리 일원에 국비 84억 원 등 총 150억 원을 들여 부지 2만 7000여㎡에 지하 1층, 지상 2층 규모로 건립됐다. 그러나 2013년 7월 개관한 안용복기념관이 울릉도를 찾는 많은 관광객으로부터 외면 받고 있다는 소리가 들리니 안용복 장군에게 부끄럽고 미안한 생각이 많이 든다. 독도 수호를 위해 노력한 민간외교가로서의 안용복의 업적을 기림과 동시에 일본에서 자행되는 불법적인 독도영유권 주장이 가지는 허구성을 명확히 이해하여, 독도에 대한 올바른 역사의식을 고취시킬 수 있는 장으로 거듭나기를 바란다.

독도 강치

20세기 초까지 '백령도는 물범이, 독도는 강치가 지킨다' 는 말이 있을 정도로 강치의 천국이었던 것 같다. 강치는 몸길이 2.5m 내외의 물개과(Otariidae)에 속한다. 껍질은 최고급 가죽, 피하지방은 기름 그리고 살과 뼈는 비료로 활용할 수 있어, 한 마리 값이 당시 황소 10마리에 필적했다고 한다. 우리 민족이 강치, 혹은 가제, 가지라 부르던 바다사자의 일종이다. 한때 약 4만 마리나 독도 앞바다에 살았다. 그런데 독도에서 강치가 사라진 것은 일본 때문이다.

독도에서 불법으로 강치잡이를 시도해 온 일본인 어부 나카이 요사부로가 1904년 대한제국 정부에 강치잡이 독점권을 신청하려 했다는 사실은 이미 일본 역시 독도가 한국의 영토임을 인정한 방증이라는 것이다. 그러나 대한제국으로부터 거절당하자 나카이 요자부로는 독도에서 독점적 어업권을 행사하기 위해 일본 정부에 독도의 편입을 요청했다.

1904년 일본 내무성은 과거 일본이 공식적으로 독도가 한국의 영토임을 밝힌 태정관 지령과 주변국의 시선 등을 우려했지만 러시아와의 해전을 준비하던 일본 정부는 독도의 전략적 중요성에 주목하고 독도가 주인 없는 땅이었다는 구실을 내세워 독도의 편입을 진행했다. 다만 정부가 직접 나서지는 않고 일개 현에 지나지 않는 시마네현의 고시로 은밀하게 독도의 일본 편입을 발표했다.

나카이 요자부로는 8년간 독도 강치를 무려 1만4000마리나 잡았다. 1905년 한 해에만 2,750마리를 도살했고

3,200마리나 잡은 해도 있었다. 이렇게 독도 강치는 무자비하게 남획되었고, 마침내 강치는 1974년 일본 홋카이도에서 포획된 것을 마지막으로 자취를 감췄다. 일본인 작가 이즈미 마사히코는 '독도 비사'라는 책에 '죽은 바다사자의 썩은 냄새가 울릉도까지 흘러왔고… 이는 어로의 영역을 넘은 광기의 살육이 아닐 수 없다'라고 묘사했다.

올 1월 국립해양조사원이 국가지명위원회를 통해 독도해역의 해저 지형(바다 밑에 나타나는 땅의 모양)을 '강치초'라고 명명하였다. 주소는 경북 울릉군 울릉읍 독도리에 속한다. '초'는 해면 가까이에 있는 바위를 의미한다. 강치초 주변에는 강치가 머물렀다는 큰가제바위와 작은가제바위, 가지초 등이 있다.

현재 해양수산부가 독도 강치의 복원을 위해 연구를 진행하고 있다. 영유권을 강화하는데 도움이 되기 때문이다. 말레이시아와 인도네시아가 영토분쟁을 벌인 시파

단 섬 사례 때문이다. 국제사법재판소는 1998년 소송에서 말레이시아의 손을 들어줬는데 말레이시아가 시파단 섬에 서식하는 멸종위기의 바다거북을 법으로 제정하는 등 적극 보호해왔기 때문이다.

야생 토종 복원이 사실상 힘들지만 러시아에서 독도 강치와 유전적으로 비슷한 품종을 들여와 독도 해역에 적응해 살게 한 뒤 이를 번식시키는 방안이나 독도 강치와 DNA 염기서열이 유사하다는 미국 캘리포니아 바다사자를 들여오는 방안 등도 다시 추진해 볼 만 하다.

독도 해역의 해저 지형을 '강지초' 명명과 독도 강치 복원사업은 우리 정부의 매우 의미 있는 프로젝트이다.

독도의용수비대 獨島義勇守備隊

　다큐멘터리 영화 '독도의 영웅들' 제작 기도회가 지난 4월 17일 경기도 하남시의 촬영현장에서 열렸다. 이 영화는 한국전쟁으로 어수선한 점을 틈타 일본이 독도를 침탈하자 울릉도 청년들이 의용수비대를 만들어 독도를 지킨 실제 활약상을 카메라에 담는다. 러닝타임은 60분이다. 8·15 광복절을 전후해 개봉될 예정이다(경상매일신문. 04.21. 보도).

　지금 대한민국 영토 독도를 24시간 철통같이 수호하는

이들이 울릉경비대 소속 독도경비대원들이 있다. 독도의 용수비대(1953. 04. 20.~1956. 12. 30.)는 독도에 상륙해 독도 수비업무를 수행할 목적으로 만들어진 민간 차원의 의병이라면 정부 주도의 독도 경비업무의 시초는 울릉경찰서의 독도순라반이라 할 수 있다. 경찰 자료에 따르면 울릉경찰서 소속의 독도순라반은 1953년 7월부터 독도 순회근무 시작하여 1954년 8월부터는 독도에 상주한다. 그리고 1956년 4월 8일부터 울릉경찰서에서 독도의용수비대로부터 완전히 독도경비 업무를 인수받았다.

독도의용수비대의 활약상을 살펴보자. 1952년 6.25전쟁의 혼란을 틈타 독도에 대한 일본인의 침탈 행위가 잦았다. 심지어 같은 해 8월에는 일본인들이 불법으로 독도에 상륙해, 시마네현 오키군 다케시마[島根縣隱岐郡竹島]라고 쓴 표목을 독도에 세우는 등 계속해서 불법 행위를 저질렀다. 6.25전쟁에 참전했던 울릉도 출신 홍순칠洪淳七은 1952년 가을부터 독도의용수비대를 만들기로 결심하고,

부산으로 가서 독도를 지킬 각종 무기와 장비를 구입하였다. 홍순칠은 1953년 4월 20일 청년 45명과 드디어 독도의용수비대를 조직하였다.

의용대는 1953년 6월, 독도에 접근한 일본 수산고등학교 실습선을 귀향 조치한 뒤, 7월 12일 독도에 접근하는 일본 해상보안청 소속 순시선 PS9함을 발견하고 경기관총으로 집중 사격해 격퇴하였다. 이 전투가 의용대 최초의 전투이다. 이어 8월 5일에는 동도東島 바위 벽에 '한국령韓國領'이라는 석 자를 새겨 독도가 한국 영토임을 분명히 하였다.

1954년 8월 23일, 독도에 접근하려는 일본 순시선을 총격전 끝에 다시 격퇴한 뒤, 그해 11월 21에는 1,000t급 일본 순시선 3척 및 항공기 1대와 총격전을 벌여 역시 격퇴하였다. 이 전투로 일본 쪽에서 16명의 사상자가 발생해 일본 정부가 한국 정부에 항의각서를 보내기도 하였다.

1956년 12월 30일 무기와 임무를 국립 경찰에 인계하

고 울릉도로 돌아갈 때까지 수비대원 33명은 다음과 같
다. 고성달, 구용복, 김경호, 김병렬, 김수봉, 김영복, 김
영호, 김용근, 김인갑, 김장호, 김재두, 김현수, 박영희,
서기종, 안학률, 양봉준, 오일환, 유원식, 이규현, 이상국,
이필영, 이형우, 정원도, 정의관, 정재덕, 정현권, 조상달,
최부업, 하자진, 한상용, 허신도, 홍순칠, 황영문 등이다.
독도의용수비대 (http://www.dokdofoundation.or.kr) 홈페이
지 방문을 적극 권한다.

한편 제천 세명고등학교가 독도의용수비대기념사업회
로부터 '독도의용수비대 청소년 명예대원 동아리 협력
학교'로 선정됐다. 이번 선정은 학교폭력예방 역사 캠핑
부, 독도 앤 국토 사랑부가 지난해 동아리 활동으로 15회
아름다운교육상 대상과 부총리 겸 교육부 장관상 수상이
좋은 점수를 받아 선정됐다고 한다. 우리 경북의 학교에
서도 독도를 지키고 수호하겠다는 학교가 많이 활동하여
기관 단체로부터 인정받기를 희망한다.

독도의 가치

    독도는 한국의 자존심이자 보물섬이다. 89개의 바위섬으로 이뤄진 섬에 '외로운〔獨〕섬〔島〕'이라는 이름은 어울리지 않는다. 먼 옛날 독도는 큰 섬이었다. 긴 세월을 지나며 파도와 바람으로 크기가 줄어들었고, 결국 동도와 서도 두 개의 큰 섬과 89개의 작은 바위섬을 이루게 된 것이다. 독도는 울릉도의 약 400분의 1 정도밖에 되지 않는다. 하지만 우리가 보는 독도의 모습은 2000m가 넘는 해산(바다 밑바닥에 원뿔 모양으로 우뚝 솟은 봉우리) 꼭대기일 뿐이다. 바다 밑에 있는 독도의 진짜 크기를 대강이나마 짐작할 수 있을 것이다.

　우리의 땅인 독도는 1905년 대한 제국 시기에 시네마현 고시로 일본에 강제 편입되었으나 광복 이후 1946년 1월 29일 '연합군 최고사령부 지령 제677호'를 통해 독도를 한국에 반환했다. 그러나 1951년 9월에 체결된 샌프란시스코 강화조약에서 울릉도에 대한 언급은 있지만 독도에 대한 언급은 빠졌다. 이는 일본이 여전히 독도에 대한 영토권을 주장하는 근거 중 하나다. 일본은 독도에 대한 영유권을 주장하며 호시탐탐 국제 분쟁 지역으로 만들려는 노력을 하고 있다. 우리의 소중한 국토인 독도의 가치를 살펴보는 일도 의미가 클 것으로 생각된다.

　첫째, 독도는 보물섬이다. 독도의 중요성은 한국의 소중한 국토일 뿐 아니라 군사 요충지이며 무한대의 가치를 지닌 해양자원 즉 경제적 가치가 엄청나게 크다. 일본이 독도에 집착하는 이유가 독도 주변의 바닷속 깊은 곳에 매장돼 있는 엄청난 하이드레이트(천연가스) 때문이라고 한다. 독도 아래 바다에는 약 6억 톤 분량의 메탄가스가 매장돼 있는데 가치로만 보면 150~200조 원에 달한다. 우리 국민이 매일 쓴다고 가정할 때 30년 이상을 쓰고도 남을 양이다. 그뿐만 아니라 심층수 및 해양어장도 엄청나다.

둘째, 독도는 자연 그 자체이다. 460만 년 전 화산폭발이 만들어낸 섬으로 경상북도 울릉군에 속한 국유지로 천연기념물 336호로 삼국시대부터 울릉도에서 맑은 날 볼 수 있는 부속 섬이다. 난류와 한류가 교차되는 지점으로 독특한 생태계를 보유하고 있다.

독도 해양생물은 어류 36종, 해조류 125종, 대형저서동물 76종 등 총 237여 종의 수산생물이 서식하는 것으로 확인됐다. 우뚝 솟은 기암절벽과 척박한 환경에서 자생하고 있는 식물들과 그리고 흰 점처럼 박힌 갈매기가 한데 어우러져 미의 극치를 보여주고 있는 자연의 섬이다.

셋째, 독도는 나라사랑의 교과서이다. 우리 국토에 대

한 애착심이 생기게 만드는 우리 국토의 막내둥이다. 독도를 지키는 일은 누군가의 노력보다는 내 땅, 아니 우리 땅이라는 신념과 내 것이니까 내가 지켜야 한다는 마음이 함께 일어나게 만드는 애국의 섬이다. 목청을 가다듬고 크게 한 번 외쳐 보자. '독도는 우리 땅이다! 아니 바로 내 땅이다!' 조상대대로 물려온 섬 하나 제대로 지키지 못하는 부끄러운 후손은 되지 말아야 한다는 다짐을 해 본다. 가슴이 뭉클해지며 이내 애국자가 된 듯하다.

독도는 영토의 기본 요건인 주민과 나무 그리고 물까지 고루 갖추고 있다. 독도는 그 자체로도 아름다운 미술품이다. 온몸으로 독도를 사랑하는 민족만이 내 땅이라 주장할 수 있다. 말로만이 아니라 진심으로 독도를 사랑해야 우리 독도를 지킬 수 있다.

독도 영유권 강화를 위한 실질적인 노력

새누리당 이병석 의원이 이끄는 국회 한미의원외교협의회 대표단과 만난 자리에서에 로이스(공화·캘리포니아) 미국 하원 외교위원장은 역사적 사실에 근거해볼 때 독도는 분명한 한국의 영토라고 밝혔다. 로이스 위원장은 지난해 국내 언론과의 인터뷰를 통해서도 "독도 문제는 역사적 관점에서 봐야 한다" 면서 "올바른 명칭은 독도(The proper name is Dokdo island)" 라고 밝혔다. 그렇다. 로이스 위원장 말처럼 2차 세계대전을 전후한 시기는 지난 200년간 인류 역사상 가장 불안정한 시기였으며, 이 시기에 한국의 영토였던 독도가 일본에 잠시 귀속되었던 것이다.

독도는 지정학적, 역사적, 그리고 국제법상으로 모두 한국 땅이다. 울릉도와 독도의 거리는 87.4km지만 독도와 일본 은기도隱岐島의 거리는 151.8km이다. 세종실록지리지(1454) 언급대로 맑은 날에는 우산于山(독도)과 무릉武陵(울릉도)의 두 섬이 서로 멀지 않아 맑은 날 바라볼 수 있다. 삼국사기(1145)에는 독도와 울릉도를 512년 신라가 복속시킨 우산국의 영토라고 서술하고 있다. 이 밖에도 동국문헌비고(1770), 숙종실록(1728), 만기요람(1808) 등 각종 고문헌에 일관되게 우산(독도)이 조선 영토라고 적혀 있다. 일본 외무성이 최초의 독도 관련 일본 고문헌이라고 주장하는 은주시청합기(1667)에서도 독도가 조선의 땅임을 인정하고 있다. 조선시대에는 정기적으로 관리를 파견하는 등 독도를 관리해 왔다. 1900년 고종은 칙령 41호를 반포해 독도가 울도군에 속한다고 선언했다. 현재 독도에는 1991년부터 김성도, 김신열 씨 부부 등 주민들이 살고 있으며, 경찰로 이뤄진 독도경비대가 배치돼 있다.

일본의 독도 영유권 주장은 이런 점에서 틀렸다. 일본이 1905년 독도를 시마네현에 편입한 것은 대한제국에 아무런 문의나 통보 없이 일방적으로 이뤄진 행위이기 때문에 무효이다. 당시 일본은 독도를 '무주지無主地'라고 주장했지만 이미 1900년 대한제국은 칙령 제41호로 우리 땅임을 선포했다. 또 일본은 독도 영유권의 주된 근거로 1951년 샌프란시스코 강화조약에 일본이 포기해야 할 한국 영토 중 독도가 적시되지 않았다고 하지만 독도보다 더 큰 무수한 섬들도 하나하나 적시되지 않았으며 대한민국의 모든 섬들을 다 거명할 수는 없다. 또 샌프란시스코 강화조약 직후 이에 근거해 일본 정부가 중의원에 제출한 '일본영역도'에는 독도 주변에 선을 그어 분명하게 일본의 영토에서 제외한 것을 발견할 수 있다.

전문가들은 일본이 주변 국가와 벌이고 있는 영토분쟁의 연장선상에서 독도를 양보하면 잘못된 선례를 남길 수 있다는 인식 때문에 독도 영유권을 포기하지 못 한다고 분석한다. 이밖에도 자위대의 정규군화를 노리는 극우단체와 방위산업체의 압력, 대중의 관심을 나라 밖으로 돌리려는 아베 정부의 정치적 계산 등을 일본 국내의 문제와도 맞물려 있다.

늦었지만 다행이도 박명재 (포항남·울릉)의원이 지난 6일 울릉도와 독도 지원에 따른 예산적 뒷받침을 위한 근거를 마련하기 위하여 울릉도·독도 지역 지원 특별법안을 발의했다고 한다. 독도 영유권 강화를 위해서는 법안이 반드시 통과되어 현재 중단된 독도입도지원센터, 독도방파제 건설, 동해안 과학기지 건설 사업 등이 차질 없이 진행되어야 할 것이다. 또한 실질적인 지원을 통해 지역 주민의 삶의 질도 개선시켜야 한다.

독도수호결의와 독도공부

우리 국민들은 독도에 대한 애착심과 사랑을 통해 일본의 역사 왜곡과 영유권 주장 등의 부당성을 정확하게 인식하고, 더욱 나라사랑의 마음을 다지는 다양한 행사를 자발적으로 준비하고 있다. 그 대표적인 예가 바로 독도수호 결의대회이다.

울릉도와 독도를 방문해 독도수호 결의대회를 가지거나 일본 규탄 궐기대회를 가진다. 독도수호 결의대회는 독도가 우리 영토라는 자부심과 자긍심을 되새기는 계기로 삼고, 참여한 사람들에게는 독도의 가치와 중요성을 알리면서 독도를 사랑하고 아끼는 공감대를 확산하고자 마련된다. 또한 일본의 독도침탈 야욕 규탄 결의문을 채택하는 등 독도문제를 전국적인 관심사항으로 확산시키는데 목적이 있다.

학교 학생들은 각종 행사를 함께 하면서, 독도사랑과 수호 분위기는 물론 우리나라 역사인식의 바른 정립과 나라사랑 정신을 고취하게 된다. 독도의 생태환경 전시 체험, 독도플래시몹, 독도수호 결의대회, 독도사랑 글짓기, 표어 포스터그리기 대회, 독도음악회 등이 그것이다.

전 국민 독도 밟기 운동을 추진한다. 독도를 직접 밟아보는 것이야말로 독도사랑과 독도수호의 첫걸음이라고 할 수 있다. 독도사랑티셔츠 입기운동이 있다. 독도사랑 티셔츠 입기운동은 독도와 독도문제에 대한 국내외 홍보 활동뿐만 아니라 독도를 바르게 알고 사랑하는 계기를 마련해 준다.

그러나 독도 수호 의지를 다지고 독도를 사랑하는 방

법을 체득하였다면 다음의 방법들은 더욱 실질적이고 더 큰 파급 효과가 있을 것으로 생각된다.

독도는 역사적, 국제법적, 지리적으로 대한민국 영토이지만, 독도수호사업을 추진하는데 있어, 중앙정부 차원에서 일본과의 외교적 마찰이 우려된다면 해당 지자체인 경북도와 울릉군이 이들 사업을 추진해 나갈 수 있도록 모든 정책과 예산을 위임하는 것도 좋은 방법이 될 것이다.

독도를 방문, 독도박물관을 견학하고 독도와 관련한 일본의 교과서 왜곡 및 영유권 주장을 강력히 규탄하는 독도수호 결의대회를 가지기 이전에 독도 관련 세미나를 준비하는 등 공부와 연구의 자세를 가지기를 희망한다. 결의대회도 좋지만 공부를 통해 얻은 지식과 경험은 앞으로 실질적인 독도 수호에 도움이 되기 때문이다.

학생들에게 행해지는 각종 다양한 독도 관련 행사도 중요하지만 독도가 대한민국 영토임을 분명하기 위해서는 초, 중, 고 학생들의 교육과정 속에 독도과목을 편성해야 한다. 대학에서도 독도 교육을 학생들의 교양 과목으로 반영해 올바른 국가관 확립에 노력해야 한다. 가수 김장훈씨의 주장을 덧붙인다. 일본정부의 너무나 치밀하고 치열한 독도 대응에 우리의 가장 효과적인 것은 교육이다. 그리고 아이들의 눈높이에 맞는 교재로 개편해야 한다. 이와 아울러 주기적인 교사교육을 당부한다.

독도 여행과 포항

천연기념물 제336호인 독도는 지난 2005년 정부가 입도 허가제에서 신고제로 관리 기준을 변경함에 따라 일반인의 출입이 가능해졌다. 독도를 찾는 이들이 매년 증가해 방문객 수는 4월 현재 내국인 138만 5천여 명, 외국인 1천400여 명 등 모두 138만 6천400여 명에 이르고 있다. 그러나 독도 방문객이 작년 세월호 이후 감소했다가 최근 다시 늘고 있다는 반가운 소식이 들린다. 포항 KTX 개통으로 접근성이 나아진 점과 일본의 잇단 도발로 국민적 관심이 높아진 것이 주된 원인이라고 한다.

지난해 1월부터 5월까지 5만 4천800명이 찾은 것에 비해 18%나 늘었다. 더구나 5월 한 달 동안에만 3만 9천494명이 독도를 찾았다.

본격적으로 독도 방문이 이뤄질 여름철을 앞두고 있어서 앞으로도 방문객이 크게 증가할 것으로 전망된다. 독도 방문객은 2010년 11만 5천 명이던 것이 2013년에는 25만 5천 명으로 3년새 두 배 이상 늘었으나, 세월호 참사가 발생한 지난해는 13만 9천 명으로 급감했다.

올해 독도 방문객 증가 추세에 발맞추어 울릉도와 독도를 오가는 여객선이 올해 추가로 투입될 전망이다. 그러나 울릉도의 한정된 숙박을 고려하지 않은 점은 유감스러운 대목이다. 울릉~독도 노선에는 현재 돌핀해운 돌핀호(310t·정원 390명)와 씨스포빌 씨스타 1·3·5호가 운항하고 있다. 그리고 현재 포항~울릉 노선에는 썬플라워호(2천394t·정원 920명)가 정기 운항하고 있다. 봉래폭포, 내수전 전망대, 태하등대, 동백숲속, 나리분지 등

청정한 자연과 색다른 볼거리로 가득한 울릉도와 '민족의 섬' 독도를 찾아 보는 여행을 적극 추천하다.

올해로 10주년을 맞이한 독도관리사무소에는 현재 18명의 직원이 독도 생태계 연구 보전과 문화재 관리, 독도 홍보, 기반 시설물 유지 관리, 독도 입도자 안내와 안전 지도, 독도 행정선인 평화호 운항 등의 일을 하고 있다. 2005년 3월 일본 시마네현 의회의 '다케시마의 날' 조례 제정으로 같은 해 4월 울릉군에 들어섰다. 독도관리사무소는 독도 방문객을 효율적으로 관리하기 위해 입도에 관한 법적 근거를 마련하고 방문객들이 편리하고 안전하게 독도를 둘러볼 수 있도록 지원해 왔다. 또 2010년부터는 독도에 대한 국민의 관심을 높이기 위해 독도 방문객을 대상으로 명예주민증을 발급해 지금까지 내국인 1만 7천260명, 외국인 214명 등 모두 1만 7천474명이 독도 명예주민이 됐다.

이런 가운데 포항은 울릉과 독도를 가기 위한 관문 역

할을 충분히 해 오고 있다. 지금은 강원도 묵호항에서 울릉도를 가지만 오랫동안 육지와 울릉을 오가는 유일한 여객선이 포항에서만 운항되었고, 지금도 울릉도와 독도를 찾는 관광객이 가장 많이 방문하는 곳이 포항이다.

포항지역은 국회의원 두 분을 포함하여 많은 분들이 독도와 관련한 각종 단체의 수장을 맡아 독도와 울릉도 발전에 노력하고 있다. 그러나 독도와 울릉도의 관계를 생각해 보면 포항의 위상은 높지 않다. 울릉도와 독도를 관할하는 경북 도청 소재지인 대구에서 주로 독도와 관련된 행사가 집중되어 있고 포항에서는 거의 하지 않는다. 최근 구미경실련이 포항을 '독도홍보 거점도시'로 육성해야 한다는 주장에 큰 박수를 보내고 싶다.

3부

스마트폰 문화

스마트 폰과 부모의 인식

현재 아이들의 스마트폰 사용이 갈수록 늘어가고 연령도 하향화되고 있으며, 여러 가지 나쁜 영향이 있음에도 불구하고 부모들은 쉽게 자녀에게 스마트폰을 제공하고 있다. 만4~5세 유아들은 게임 활동을 가장 많이 하는데, 어머니와 있을 때 스마트폰을 이용하여 동화를 많이 보는 반면, 아버지와 형제와 함께할 경우 게임 활동을 가장 많이 하는 것으로 나타났다.

부모는 아이들에게 어떠한 상황에서 스마트폰을 제공해주게 되며, 부모는 아이들의 스마트폰 사용에 대해 어떠한 인식을 가지고 있는지 살펴보자.

부모들은 스마트폰이 자녀에게 불필요하다고 느끼지만 스마트폰을 통제의 목적, 대리보모 역할, 행동 보상, 자녀의 요구로 제공하는 경우가 많다. 어머니의 학력이 높을수록 스마트폰은 학습적인 면에 도움이 된다고 생각하는 반면, 학력이 낮을수록 부모를 귀찮게 하지 않고 혼자 놀 수 있기 때문에 스마트폰을 제공한다고 말한다.

그러면서 대부분의 부모들은 자녀의 스마트폰 사용에 대해 긍정적, 부정적 인식들을 함께 가지고 있다. 긍정적인 요소에는 시대적 흐름에 뒤처지지 않도록 하기 위해, 형제, 또래와의 교류를 위해서, 부정적인 요소에는 스마트폰의 중독성, 전자파, 두뇌건강, 폭력성, 시력저하의 문제들을 우려하고 한다.

아이들은 이제 대부분 스마트폰을 가지고 있으며 매일 1~3시간씩, 게임 앱을 가장 많이 사용한다. 스마트기기 중독성은 사용 시간 및 빈도와 비례한다. 스마트기기 사용에 대한 부모의 간섭이나 개입이 거의 없는 실정이지만, 어머니들은 유해 사이트를 차단하는 프로그램이 필요하다고 생각하며 가장 큰 고민거리는 시간 조절이 어렵다고 한다.

청소년의 스마트폰 중독에 대한 자각은 신체적 문제 발생, 불안과 초조 경험, 타인의 스마트폰 사용 모습을 보면서, 스마트 폰 중독의 원인에 대한 인식은 스마트폰의 기술적 특성, 관계적 욕구, 자기표현의 욕구, 외로움이나 심심함 등의 부정적 감정 처리가 힘듦, 여가 활용 방법을 모름, 자기 자신에 대한 자각이 없음, 집에서 혼자일 경우가 많음으로 나타난다.

스마트폰 중독의 문제점에 대한 인식은 해야할 일을 하지 못하거나, 의사소통의 문제, 신체적 문제 발생, 주변 사람들과의 갈등으로 나타났다. 스마트폰 중독 예방에 대한 인식은 대체로 부정적이었는데, 부모의 스마트폰 사용 습관에 많은 영향을 받고 있어 가정에서의 스마트폰 사용 문화가 중요함을 알 수 있다.

자녀의 올바른 스마트폰 사용을 위하여, 부모들은 자녀에게 스마트폰을 제공하기 전과 후로 나누어 규칙을 제공해야 한다. 부모들은 자녀의 스마트폰 사용에 대해 다양한 인식들을 가지고 있다. 자녀의 올바른 스마트폰 사용에 대한 부모교육이 필요한 이유이다. 부모교육을 통하여 더 이상 아이들의 스마트폰 사용이 남용되지 않도록 노력해야 한다.

스마트폰 문화 이해

스마트 시대를 살아가는 아이들은 소통, 참여, 공유의 정신을 기본으로 인간의 기본적인 욕구를 채우고 있으며, 스마트폰을 통한 SNS로 인해 아이들의 삶의 공간이 가상세계로 확장되었다. 소셜 미디어의 홍수 속에 매체의 균형적 시각을 기르고 미디어 변화를 이해하는 미디어 리터러시 능력 향상에도 관심을 기울 때이다.

누구나 말할 수 있는 표현의 자유, 이를 위한 정보를 얻을 수 있는 접근의 자유는 기본적 인권이라는 관점에서 스마트폰 활용 능력을 키워야 한다. 스마트폰으로 자신의 네트워크 환경을 구성하는 시대가 되었다. 개인이 기술을 어떻게 이용할 수 있는가가 삶을 결정한다.

이에 스마트폰을 떠나 한시라도 살 수 없는 우리들을 살펴보고 조금이나마 스마트폰과 함께하는 아이들을 이해하는 계기가 되길 희망한다.

첫째, 요즘 대부분의 학생들은 아침 일찍 학교에 등교해서 학교가 끝나면 학원 또는 과외를 받는다고 자정이 넘을 때까지 이곳저곳을 바쁘게 다니고 있다. 이런 아이들은 뉴스를 볼 시간이 없기 때문에 스마트폰을 통해서 간단히 뉴스를 볼 수 있고 정보를 습득할 수 있다. 스마트폰은 내 손안에 있는 좋은 친구이자 정보통인 셈이다.

둘째, 미디어 리터러시란 무엇인가? 글을 읽고 쓰는 능력을 뜻하는 '리터러시' 개념이 확장된 것으로, 스마트폰과 같은 디지털 기기의 내용을 비판적으로 이해하고, 생산적인 참여와 관계맺기를 할 수 있는 능력을 말한다. 이제까지 주어진 콘텐츠를 잘 가려서 수용하는 능력이 중요했다면, 스마트 시대에는 그것을 넘어서 생산적으로 잘 이용하고 건강한 사회경제적 참여를 이루는 능력이 요구된다.

셋째, 인간은 미디어를 통해 진화해 왔다. 미디어는 인류 생존에 중요한 도구이며 우리 삶에서 필수 사항이다. 현대 사회에서는 미디어를 통해 이루어지는 소통의 비중, 공감 능력의 중요성, 그리고 쌍방향의 커뮤니티와 공간적으로 확대되는 영향력이 더없이 커졌습니다. 그런데 이 중요한 미디어 교육이 많이 부족하다. 이제는 미디어를 가정에서도 학교에서도 적극적으로 본격적으로 가르쳐야 한다. 21세기미디어 교육은 생존의 필수사항이 되었기 때문이다.

스마트폰의 부정적인 모습을 염려하여 아이들을 통제하고 제어하는 권위적인 접근보다는 아이들 스스로 안전 수칙을 지키며 바르고 효과적으로 스마트폰을 사용할 수 있게 도와주어야한다. 스마트폰을 스스로 조절하고 절제

할 수 만 있다면 스마트폰은 역기능보다 순기능이 더 많은 기기이다. 아이들 스스로 스마트폰이 필요 없을 때는 과감하게 스마트폰을 멀리하는 습관을 가지고, 스스로 조절하고 절제하면서 사용해야겠다는 의지를 길러줘야 한다.

미디어 리터러시는 글자 그대로 미디어 속의 텍스트를 독해하는 일이다. 글자로 된 낱말과 문장을 이해하듯이 다양한 미디어의 내용에 대해 그 의미를 파악하고 활용하는 일이다. 우리의 가정과 학교에서 반드시 강조하여 가르쳐야 할 내용이다. 더 나아가 나 스스로 배우고 익혀야 할 기능이다.

스마트폰과 함께 하는 건강한 습관 만들기

한국인의 스마트폰 보급률은 83%로 세계 4위 수준이고, 하루 평균 스마트폰 사용 시간은 3시간 30분이 넘는다는 연구 결과가 있다. 스마트폰을 오래 사용하면 근육과 신경이 손상될 수 있다. 또한 인터넷이나 스마트폰을 장시간 사용할 경우 집중력과 자제력이 급격하게 떨어진다. 특히 스마트폰의 일반화된 보급으로 어디서나 자유롭게 인터넷에 접속할 수 있어 청소년의 인터넷 중독은 더욱 증가할 것이다.

스마트폰에 중독되면 일상생활에서 심각한 장애를 겪

고, 금단 현상을 보이며, 자기조절에도 어려움이 생긴다. 이렇게 스마트폰 중독은 매우 무서운 것이며, 앞으로 스마트폰 사용 시간을 조절해 현명하게 사용해야 한다. 여기서 필자는 우리 학생들이 스마트폰 사용의 올바른 습관을 기를 수 있는 좋은 방안 몇 가지를 제시하고자 한다.

첫째, 밤 11시 이후 스마트폰 꺼두기 운동을 전개하자. 학생과 학부모를 대상으로 바람직한 스마트폰 사용법을 교육하고 스마트폰 차단 앱을 학생과 학부모가 자발적으로 활용한다. 스마트폰과 함께 하는 건강한 습관 만들기에 가장 모범적인 교사는 부모이다. 청소년들의 인터넷 및 스마트폰 중독 해소를 위한 효과적인 치료 프로그램을 살펴보아도 가족과 함께하는 기숙형이 많다는 것을 기억하자.

둘째, 바람직한 스마트폰 이용 습관 정착으로 건강한 학교문화를 만들려면 교사들만의 힘으로는 부족하다. 학생들 스스로 바람직한 스마트폰 사용을 위해 학교 단위

설문조사 및 아이디어를 공모하고 학교단위 학급회, 학생회를 활용한 토론회를 개최한다. 철저한 규칙을 만들고 사용을 자제해야 하는데 혼자서 하는 것보다 친구들과 함께 올바른 습관을 기를 수 있는 규칙을 만들어 지키자는 것이다.

셋째, 지역교육청 단위 학부모와 함께하는 캠페인을 전개하고 방송 홍보 및 광고를 게시한다. 교육 및 캠페인을 통하여 단계별 활성화 추진 목표를 설정하고 달성도를 점검한다. 잠잘 때나 공부할 때는 데이터를 차단하거나 무음으로 하기, 학생 스스로 필요할 때만 사용하는 습관을 갖도록 노력한 점, 부모님이나 선생님과 함께 고민하고 협력하는 모습, 건강한 스마트폰 사용을 위한을 수칙 만들거나 실천하는 점들을 찾아내고 점검해야 할 것이다.

청소년들이 스마트폰에 종속되어 끌려 다니는 것이 아니라 스마트폰을 필요한 도구로 사용할 수 있게 만들기 위해서는 사용을 스스로 통제해야 한다. 매우 어렵지만 방과 후나 주말에도 스마트폰을 꼭 필요할 때만 사용하고 총 사용시간을 규제해야 한다. 중독이라는 스마트폰의 위험성을 알기 때문에 지금 우리 모두는 가만히 있어서는 안 된다. 적절한 스마트폰 사용으로 올바른 생활습관 형성하고 건강증진에 도움이 되기 위한 모든 방안들을 찾아야 할 것이다.

청소년 인터넷 중독 해결책

21세기는 인터넷 시대이다. 그런데 지나친 컴퓨터 사용으로 인하여 인터넷의 역기능이 심화될 수 있으므로 사회적 대책이나 조치가 조속히 마련되고, 효율적인 인터넷 사용방안과 정보통신 윤리교육 등이 마련되어야 할 것이다.

인터넷 중독이란? 정보 이용자가 지나치게 컴퓨터에 접속하여 일상생활에 지장을 받고 있는 상태를 말한다. 특히, 증상들의 정도가 심하고 반복적이며 만성화되어 신체, 심리, 사회 및 작업 활동상의 장애를 유발한다. 그리고 인터넷의 바다는 무한하고, 인간의 호기심을 자극하기 때문에 인터넷 사용자들 중 일부가 음란물 중독에 빠지게 되는 것이다.

인터넷 중독의 원인으로 거론 되는 무궁무진한 재미와 자극과 정보 그리고 사이버 세계에서 자신을 새로운 사람으로 변형시킬 수 있는 점, 시간과 공간을 뛰어넘어 사람을 만나고 사귈 수 있는 것 등이 우리 청소년들을 사이버 세계로 빠지게 하는 이유이다. 즉 청소년들은 현실 세계가 재미없어 해방 공간을 원하고 있으며 외모, 조건, 학력 등과 상관없이 항상 자신을 받아주는 곳을 찾고 있다는 것이다.

그러나 자기 조절과 통제력이 충분히 발달되지 않은 청소년들이 인터넷 중독에 빠지기 쉬운 환경으로 조성되어 있지만 이를 해결하기 위한 지혜와 노력을 기울어야 할 것이다.

첫째, 스스로 자신의 증상을 자각하고 탈출을 모색하

는 구체적인 동기와 행동을 해야 한다. 이를 위해 가정에서는 자녀와의 대화를 통해 구체적인 생활 계획표를 세우고 실천하게 한다. 컴퓨터는 공개된 장소에서 하루 중 일정한 사용시간을 미리 정해 사용하도록 한다. 동시에 운동이나 악기 연주 등 다른 활동에 관심을 갖도록 유도한다. 뿐만 아니라 대인관계를 늘리기 위해 친한 친구들과 어울리는 놀이와 시간을 갖도록 한다.

둘째, 학교에서는 인터넷 중독의 폐해에 대해 충분히 설명하고, 사전 예방에 초점을 두되, 인터넷 중독자에 대한 원인을 분석해서 개별상담이나 집단 상담을 실시하고, 전문가의 협조나 상담을 받을 수 있도록 안내한다. 동시에 가정과 연계해서 지속적인 지도한다.

셋째, 사회에서는 청소년들이 음란한 인터넷 사이트에 접근하는 것을 막을 수 있는 제재장치를 마련하고, 폭력과 성이 난무하는 게임 등에 노출되지 않도록 학부모와 학교, 시민단체와 매스컴이 합동으로 노력해야 할 것이다.

  인터넷 중독에서 벗어나는 것은 쉬운 일이 아니다. 개선과 재발의 과정을 반복하며 어렵게 진행되는 과정인 만큼 개인적인 의지도 중요하지만 부모, 친구의 지지와 격려가 절대적으로 필요하다. 인터넷 중독은 몰입과 집중이라는 성격이 강하다. 이 때문에 인터넷 중독자들에게 강제로 사용하지 못하게 하면 거부감을 일으키기 쉽다. 인터넷을 시작하는 초기부터 인터넷 중독의 위험을 인식하고 인터넷을 조절하면서 사용하는 습관을 키우는 예방적인 노력이 인터넷 중독을 줄이는 최선의 방법이라고 볼 수 있다.

청소년 스마트폰 중독 예방 국가가 나서야

　미래창조 과학부에서 발표한 '2013 인터넷 중독 실태 조사'에 따르면 청소년(만 10~19세)의 스마트폰 중독률은 25.5%로 전년(11.4%)보다 7.1%포인트 증가했다. 이 수치는 우리나라 청소년 4명 가운데 1명은 스마트폰 중독 위험군인 것으로 스마트폰 과다 사용으로 일상생활의 장애가 유발되는 상태다. 연령대별로 나눠보면 10대 (25.5%), 20대(15.0%), 30대(8.2%), 40, 50대(5.0%) 순으로 10대의 중독률이 가장 높은 것으로 조사됐다. 또한 중독 고위험군의 스마트폰 이용 목적으로는 모바일 메신저

(27.2%), 페이스북, 카카오스토리 등 프로필 기반 서비스 (15.5%), 온라인 게임(14.8%), 뉴스 검색(9.8%) 순으로 나타났다.

그런데 SNS와 함께 스마트폰에 중독된 사람들은 일대일 대면 관계를 통한 의사소통에 어려움을 호소하기도 한다. 스마트폰 중독자들은 게임 등을 통한 과도한 스마트폰 사용으로 신호등도 제대로 살피지 않고 길을 건너는 이들을 주변에서도 쉽게 볼 수 있다. 스마트폰 중독 학생들은 수업 시간에 집중도 잘 하지 못한다. 이 외에도 거북목 증후군, 수면장애 등과 개개인의 스트레스, 불안 및 우울에 대한 대처 성향이나 충동조절장애, 주의력 결핍과잉행동장애(ADHD) 등 정신건강에 대한 우려 또한 심각한 실정이다.

스마트폰 중독이 술·담배 보다 더 치명적일 수 있다는 사실에 주목하며 우리나라 영유아의 스마트폰 최초 이용 시기는 만 2.27세로 만 3세가 되기 전에 이미 노출되고 있으며, 유아 1명이 하루 평균 10~40분가량 스마트폰을 사용하고, 1시간 이상 사용하는 영유아도 9.5%에 달해 각별한 주의가 필요하다는 경고를 받아들여 가정은 물론 이제 스마트폰 중독 예방에 국가가 나서야 한다. 특히 우리 청소년들, 공부 외에는 딱히 시간을 보내기가 마땅치 않은 우리 학생들이 인생에서 중요한 단 한 번의 시간을 스마트폰에 허비하고 있다니, 가장 먼저 청소년 스마트폰 중독 막으려면 가정에서 대화시간을 늘려야 한다.

그리고 청소년 개인적으로도 과도한 스마트폰 사용을 줄이기 위한 다양한 노력이 필요하지만 적절한 사용으로 스스로 중독에서 벗어나지 못할 경우 전문가와의 상담을 통해 해결하는 것도 방법이지만 언제까지 어린 청소년의 개인 책임으로 치부해야 할지 의문이다. 청소년들이 스스로 노력하더라도 해결 방법을 찾지 못한다면 어른들과 사회가 도와줘야 하지 않을까? 특히 심각한 정도라면 국가 차원에서 아동, 청소년들이 스마트폰에 중독되지 않도록 일정한 규제를 해서라도 나서야 한다고 생각한다. IT산업이나 게임 산업 육성에만 투자할 것이 아니라 우리의 미래인 소중한 청소년들을 스마트폰 중독에서 구출하는 것이 먼저일 것이다.

이에 경북 교육청의 특별한 대책이 보이지 않는 가운데 최근 경북도에서는 인터넷 및 스마트 미디어의 보급 증가에 따라 인터넷 중독 연령 또한 낮아지고 심각한 사회문제가 되고 있음을 인식하고 아동과 청소년들이 건강한 정보문화를 잘 배우고 활용할 수 있도록 지원하며 인터넷 스마트폰 중독 예방교육을 원하는 유치원, 학교, 단체 등에게 전문 강사와 교재를 무상으로 지원한다고 하니 마음 든든하고 감사할 따름이다.

행복한 교육이야기

초판 발행 | 2016 년 7월 1일

지은이 | 안상섭
펴낸이 | 신중현
펴낸곳 | 도서출판 학이사

　　　　출판등록 : 제25100-2005-28호
　　　　주소 : 대구광역시 달서구 문화회관11안길 22-1(장동)
　　　　전화 : (053) 554~3431,3432
　　　　팩스 : (053) 554~3433
　　　　홈페이지 : http : // www.학이사.kr
　　　　이메일 : hes3431@naver.com

ISBN _ 979-11-5854-031-9 03800